DEUX ÉDUCATIONS

In-12. — 1re série.

Antoine et Joseph

Joseph se précipite aux genoux de Guillaume, tandis
que Latour et Louise se prosternent aux pieds de Montval.

DEUX ÉDUCATIONS

LE MARCHAND D'HABITS

ET LE VIEILLARD DU FAUBOURG S.-HONORÉ

PAR Mme CÉSARIE FARRENG

CINQUIÈME ÉDITION

———

LIBRAIRIE DE J. LEFORT

IMPRIMEUR ÉDITEUR

LILLE
rue Charles de Muyssart, 24

PARIS
rue des Saints-Pères, 30

DEUX ÉDUCATIONS

A Paris, dans la spacieuse rue du faubourg Saint-Antoine, vivaient deux frères unis par la plus tendre amitié. Ces deux hommes professaient l'état d'ébéniste. Ils auraient pu se croire complétement heureux si tous deux ils n'avaient eu à déplorer la mort de leurs épouses ; ils confondaient leurs regrets, qui, néanmoins, perdaient de leur amertume à mesure qu'ils voyaient croître autour d'eux des enfants chéris, fruit de leur mariage.

Monval, l'aîné des deux frères, avait un fils unique qui se nommait Joseph ; et le cadet, que nous appellerons Guillaume, avait eu de son hymen une petite fille et un fils. Louise et Antoine (tels étaient les noms de ces deux enfants) répondaient, quoique fort jeunes encore, aux tendres soins de leur père par une tendresse et une obéissance sans bornes; aussi le père les aimait-il en raison de leur précoce sagesse. A la fin de chaque journée de travail, lorsque Guillaume quittait l'atelier pour rentrer dans son modeste logis, il ne sentait plus aucune fatigue quand il serrait contre son cœur ses aimables enfants, dont le charmant babil ne tarrissait plus jusqu'à l'heure où le bon ébéniste donnait le signal du repos. Assez instruit lui-même pour devenir l'instituteur de ses enfants, Guillaume se complaisait à communiquer à leur jeune intelligence toutes les connaissances qu'il avait acquises par la lecture des bons livres renfermés dans une bibliothèque en acajou, confectionnée avec un soin minutieux et qui témoignait bien de son estime pour la science. « Je ne connais, disait quelquefois Guillaume dans son bons sens, que trois choses capables de rendre l'homme heureux : la paix de la conscience, le travail et l'étude. Aussi je puise dans mon atelier et dans mes livres une foule de jouissances ignorées des gens oisifs : l'un fournit à mes besoins corporels, et les autres nourrissent à la fois mon intelligence et mon cœur. J'envie peu les richesses quant à ce qui me regarde personnellement ; et si quelquefois je les ai désirées, c'est qu'elles m'auraient mis à même d'être utile à ceux de mes semblables plus malheureux et plus pauvres que moi. »

On juge bien qu'en professant de tels sentiments Guillaume était ce qu'on peut appeler raisonnablement un homme heureux, et il l'était réellement ; aussi l'entendait-on fredonner sans cesse quelques airs aimés, tout en promenant sur le bois son rabot avec une inconcevable agilité.

C'était vraiment plaisir de voir cet honnête et sage ouvrier dans ses humbles fonctions : un roi aurait envié à coup sûr le calme et la sérénité de sa joviale physionomie. Guillaume comptait autant de véritables amis qu'il y avait d'ouvriers dans le faubourg Saint-Antoine ; il était donné comme un modèle de probité et de désintéressement ; et, parmi tous ces hommes, la plupart ignorants, Guillaume, citant quelques passages des excellents ouvrages dont il faisait sa lecture journalière, Guillaume, disons-nous, n'était rien moins qu'un érudit, un inspiré qui commandait le respect et l'admiration ; son atelier ne désemplissait pas de gens qui venaient pour demander des conseils à son expérience éclairée, ou bien pour se procurer simplement le plaisir de l'entendre causer.

Guillaume n'en devenait pas plus orgueilleux pour cela ; au contraire, ces témoignages d'estime qu'il recevait journellement faisaient naître en son âme une noble émulation ; il veillait davantage sur lui-même, afin de pouvoir justifier la confiance dont on voulait bien l'honorer si mal à propos, disait-il en souriant.

Le caractère de Monval, son frère aîné, formait avec le sien un singulier contraste. Loin de se trouver heureux de sa position, Monval était un de ces ouvriers qui rongent le frein qui les attache à la classe travailleuse ; imbu depuis quelque temps de ces maximes d'égalité que quelques hommes avaient jetées témérairement dans l'esprit des ouvriers, maximes qui n'ont eu d'autre résultat que de frapper de découragement quelques cœurs jusque-là calmes et heureux, Monval avait pris en horreur la classe riche de la société. Dès le moment que la haine et l'envie eurent pénétré dans son âme, l'amour du travail s'y attiédit, et sans pourtant former des projets hostiles qui n'aboutiraient à rien, il le savait bien, le pauvre Monval s'abandonnait tout entier à une vague rêverie qui le rendait véritablement malheureux.

C'était avec un chagrin infini que le sage Guillaume sondait quelquefois le cœur ulcéré de son frère. D'abord il avait cherché, autant qu'il avait pu, à le ramener à des sentiments plus vrais et plus raisonnables ; mais les discussions qu'ils avaient ensemble, discussions qui dégénéraient souvent en véritables querelles, affligeaient le vertueux ouvrier, d'ailleurs trop éclairé sur les chocs du cœur, pour ne pas craindre que ces chocs tant de fois réitérés ne lui fissent perdre l'affection d'un frère qu'il aimait. Guillaume, tout en gémissant des erreurs fatales de Monval, finit par s'abstenir complétement de le contrarier dans ses idées, espérant toutefois que ses propres réflexions lui démontreraient mieux encore son erreur que ce que pourraient faire ses conseils.

Du reste, si le bon Guillaume ressentait un cuisant chagrin à cause de son frère, en compensation de cette douleur son cœur goûtait les plus pures félicités ; ces félicités, c'étaient ses enfants qui les lui procuraient. Antoine et Louise faisaient des progrès rapides dans leurs études. Antoine venait d'accomplir sa douzième année. A cet âge qui échappe à peine à la première enfance, Antoine avait une raison qui étonnait son intelligent insti-

tuteur : il écrivait avec une remarquable élégance ;
il était instruit des dogmes saints de la religion
et la pratiquait avec le zèle d'un chrétien fidèle ;
il connaissait tous les faits principaux de l'histoire
de France, et pouvait passer pour l'enfant le plus
instruit et le plus vertueux du quartier.

Quant à la jeune Louise, qui atteignait sa trei-
zième année, si elle n'était pas aussi instruite que
son frère, elle avait profité merveilleusement des
leçons d'une lingère amie de sa pauvre mère.
Louise excellait dans les ouvrages d'aiguille ; elle
remplissait déjà dans la maison de son père les
fonctions d'une ménagère expérimentée : l'ordre et
la propreté régnaient de toutes parts ; c'était elle
qui préparait les aliments sains qui composaient
leurs repas ; c'était elle, la charmante enfant, déjà
femme par son abnégation et son dévouement, qui
réparait les outrages que la vétusté faisait aux
vêtements de son père et de son frère. Louise était
l'ange terrestre, placé près de ceux qu'elle aimait,
tantôt pour calmer une douleur, tantôt pour essuyer
une larme. Elle avait parfaitement compris sa mission, et déjà elle l'accomplissait avec intelligence
et courage. Tels que nous venons de les présenter
à nos lecteurs, les enfants du vertueux Guillaume
devaient satisfaire à toutes les exigences de son

cœur; aussi faisaient-ils son orgueil et sa joie.
« Encore une année d'études, disait-il à Antoine,
et tu deviendras mon apprenti. J'espère que dans
l'ébénisterie tu feras également honneur à ton
maître.

— Quoi ! dit un jour Monval en attendant son
frère parler de la sorte, quoi ! tu veux faire un
ouvrier d'Antoine ! » Et un sourire de dédain glissa
rapidement sur ses lèvres.

« Pourquoi non ? repartit Guillaume ; le croi-
rais-tu déshonoré s'il embrassait la profession de
son père ?

— Pourquoi alors as-tu meublé sa tête de
sciences, s'il doit végéter auprès d'un établi ?

— Tu me demandes alors pourquoi, frère,
dit gracieusement Guillaume, j'ai voulu faire un
homme de mon fils, et non un être sans raison et
sans intelligence ? en vérité, tu me demandes cela...»
Et un silence suivit, après lequel Guillaume reprit
chaleureusement :

« Un ouvrier a droit aux connaissances humaines aussi bien que les privilégiés de la fortune : pourquoi donc négligerait-il de les acquérir ?
N'est-ce pas l'ignorance qui est la cause des graves
erreurs des hommes ? Dans tous les états, dans
toutes les situations de la vie, l'ignorance devient

un cruel fléau; elle empêche les hommes de pouvoir se rendre compte de leurs plus chers intérêts, de mettre à profit les facultés naturelles qu'ils tiennent de Dieu; l'ignorance les soustrait à une foule de jouissances intellectuelles, en possession de ceux-là qui, par une sage instruction, ont appris à penser et à juger autrement que par le grossier instinct de la brute. Oui, continua Guillaume, j'ai voulu faire un homme de mon fils, un homme à la fois sage et utile, un homme heureux enfin !

— Un ouvrier.... murmura Monval.

— Frère, frère, s'écria Guillaume avec l'accent d'une profonde tristesse, l'orgueil aurait-il donc pénétré si avant dans ton cœur que tu rougisses de notre état ?

» Ne va pas t'imaginer, frère, qu'un ouvrier aux mains rudes et calleuses, au dos voûté par l'habitude du travail, aux manières franches et honnêtes, soit un sujet de mépris pour tous les hommes doués de jugement et de cœur. Un ouvrier n'est autre qu'un frère qui apporte à l'immense famille humaine sa part de force, sa part d'utilité. C'est une branche du grand arbre social qui produit son fruit. Un ouvrier, lorsqu'il sait se rendre recommandable par les sentiments qu'il professe, a droit à l'attention et au respect de tous. Notre-Seigneur

Jésus-Christ, lorsqu'il voulut se montrer aux hommes, ne choisit-il pas la plus humble des conditions? ne voulut-il pas sortir des rangs du peuple? ne montra-t-il pas, au sein de la pauvreté, toutes les perfections humaines et divines?

» Ne semble-t-il pas, par l'état obscur qu'il choisit, nous montrer qu'il préférait la vertu à la grandeur, l'humilité à l'orgueil, la misère à l'opulence?

— Tout ce que tu viens de débiter avec l'emphase d'un prophète, dit Monval, me semble fort bien en système, mais en pratique tout cela n'a pas le sens commun; je ne pourrai jamais admettre que nous soyons obligés d'accepter la condition de mercenaire, lorsque tant de riches pullulent dans la société et nous écrasent d'un mépris insultant. »

Guillaume hocha tristement la tête, car il voyait bien qu'un nouvel orage allait s'élever entre lui et Monval; néanmoins il ne put s'empêcher de répondre : « Eh! frère, s'il n'y avait point de riches, qui donc nous ferait travailler? L'égalité des fortunes est impossible; c'est un rêve formé par des cerveaux creux.

— Tous les hommes sont égaux devant la loi, s'écria Monval, dont l'esprit peu éclairé confondait toutes choses.

— Sans doute, reprit Guillaume, tous les hommes sont égaux devant Dieu et doivent l'être devant la loi.

— Eh bien, alors, repartit Monval pourquoi m'assujettir au travail?

— Belle question ! parce que tous les hommes y sont condamnés, parce que le travail est la seule fortune honnête du pauvre, et que je ne sache pas que tes revenus soient suffisants pour te permettre de te croiser les bras ou de te promener la canne à la main. » En disant ces mots, Guillaume ne put s'empêcher de sourire.

« Ris tant que tu voudras ; mais permets que je te dise qu'avec ta grande et orgueilleuse philosophie tu n'es qu'un sot. » Et ayant usé l'argument de son droit d'aînesse pour injurier Guillaume, Monval quitta l'atelier.

Dès ce moment-là une barrière morale sembla séparer les deux frères. Monval, dans les heures qu'il passait à l'atelier, se renfermait envers Guillaume dans un profond silence. Quant au jeune Joseph, fils de Monval, dont nous n'avons encore rien dit, il suivait de point en point l'exemple de son père à l'égard de Guillaume et de ses enfants, qui aimaient leur jeune cousin comme s'il eût été leur propre frère. Joseph étudiait la physionomie de son père pour savoir s'il devait sauter sur les genoux de son oncle, caresser ses cousins, ou bien s'il devait demeurer froid et impassible en face des amitiés dont on l'accablait.

Pendant ses premières années, Monval avait envoyé son fils dans une école mutuelle ; mais, à l'époque dont nous parlons, Monval, de plus en plus dominé par des ambitions nouvelles, faisait reposer sur l'instruction de son fils le bonheur du reste de ses jours : pour cet enfant, à peine âgé de neuf ans, il faisait déjà des rêves de grandeur et d'opulence dont il aurait, lui, sa large part ; en imagination ; il voyait Joseph siéger sur les bancs de la magistrature ou de la chambre des députés ; Joseph devait avoir dans ce monde une haute mission ; et souvent, mû par de telles pensées, tout en polissant son bois, tout en vernissant ses meubles, le front de l'ambitieux ouvrier s'épanouissait, un sourire se glissait sur ses lèvres. Souvent, lorsque le père et le fils étaient seuls dans leur chambre, Monval attirait Joseph près de lui pour l'entretenir des projets qu'il formait pour son avenir et pour son bonheur. « Tu ne seras pas ouvrier, toi, lui disait-il, pauvre enfant ; je ne te laisserai pas cet héritage d'esclavage et d'avilissement : de hautes destinées te sont promises. »

Et Joseph, dans le cœur duquel pénétrait un sentiment d'orgueil, dressait fièrement sa petite tête ; déjà il se figurait jouer le rôle d'un important personnage.

Bientôt les circonstances favorisèrent les vues bornées de l'ambitieux. Un legs d'un parent arriva aux deux frères : *vingt mille francs* devaient être partagés entre Monval et Guillaume. Celui-ci, toujours sage et prudent, plaça la somme en des mains sûres. « Voici la dot de ma petite Louise, pensa Guillaume, ou bien de quoi établir Antoine à la tête d'un beau magasin d'ébénisterie ; en attendant, donnons-leur toujours l'exemple de l'activité, du courage et de l'économie. » Et Guillaume, ni plus ni moins qu'avant ce surcroît de bien-être, se rendait à l'atelier dès le point du jour. Pour Monval, il enferma son argent dans une armoire, voulant avoir la facilité d'en retirer partiellement les sommes qui lui deviendraient nécessaires. Cependant Guillaume aurait bien désiré connaître l'emploi qu'avait fait Monval de sa petite fortune ; mais celui-ci, là-dessus, se renfermait dans un mutisme absolu.

Un jour il arriva à l'atelier ; son front était radieux, une satisfaction étrange épanouissait tout son être. « Qu'est-ce donc, frère ? dit Guillaume ;

assurément il se passe en toi quelque chose qui n'est pas ordinaire ?

— Je me suis séparé de Joseph.

— Où l'as-tu donc envoyé, le pauvre enfant ? il ne nous a pas embrassés avant son départ.

— Je l'ai placé dans un des meilleurs pension-nats de Paris. J'en veux faire un savant ; il apprend le latin.

— Ah ! ah ! répliqua Guillaume.

— Ne m'as-tu pas dit cent fois, continua Monval, que l'instruction était une chose qui rendait l'homme éminemment heureux ? » Monval semblait, par ces mots, vouloir engager son frère à donner son opinion, de laquelle jaillirait pour lui quelques idées dont il saurait tirer parti. Car il est des hommes (et le frère de Guillaume était de ce nombre) qui, tout en affichant au dehors une certaine volonté et de la force, sont en réalité pleins d'irré-solution et de faiblesse.

« Oui, je t'ai dit cela, frère, repartit Guillaume ainsi interpellé par Monval, je te l'ai dit, et je le soutiens ; mais j'ajoute qu'il faut que cette instruction soit en rapport avec la position qu'on a dans le monde. Je te demande, frère, si un ouvrier a besoin de connaître le latin et le grec ? Ne crains-tu pas de faire de Joseph un pédant ou un homme orgueilleux qui méprisera les siens? Crains de te repentir un jour de ce qui cause aujourd'hui ta joie. Crains les reproches que cet enfant sera en droit de t'adresser lorsque tu l'auras ainsi déclassé. Un bon état est préférable à toutes les idées de grandeur qu'il puisera dans l'éducation que tu lui donnes ; idées d'une grandeur à laquelle il ne pourra jamais atteindre, qui causeront son malheur, qui le rendront peut-être un fils ingrat envers un père qui, avec les meilleures intentions du monde, l'aura pourtant précipité dans l'abîme.

— Crois-tu donc qu'il me sera si difficile de lui ouvrir une brillante carrière dans le monde, s'il a des capacités surtout ?

— Je le crains, reprit Guillaume ; car beaucoup de pères, de nos jours, partageant ton erreur, pensent assurer l'avenir de leurs fils en les élevant au-dessus de leur condition d'ouvrier ou de marchand. Il arrive qu'à cause de ce nombre considérable de jeunes gens qui renoncent aux professions de leurs pères pour se jeter inconsidérément dans des emplois qui leur paraissent ou plus honorables ou plus lucratifs, il arrive, dis-je, qu'il y a confusion et encombrement dans toutes les carrières, et il est presque impossible à un jeune homme, quelque capacité qu'il ait, de pouvoir percer au milieu de cette foule innombrable de concurrents qui se pressent et se heurtent de toutes parts.

» Je ne te dis rien, frère, continua Guillaume avec tristesse, des douleurs qui peuvent résulter encore d'une éducation mal entendue; il en est une surtout qui brise, qui tue un pauvre père. Dieu te garde d'endurer celle-là ! Quant à moi, je ne pourrais y survivre, si elle me venait de mon enfant. Je dois me taire; trop tôt, hélas ! continua Guillaume d'un accent plein d'une prophétique tristesse, trop tôt, hélas ! il me restera à remplir vis-à-vis de toi la tâche de consolateur. » Et, en terminant, Guillaume promenait sa varlope sur le bois raboteux avec une vélocité extrême. Ordinairement ces mouvements accélérés chez l'ouvrier témoignaient, plus éloquemment que les paroles, les sombres prévisions auxquelles son esprit s'abandonnait. Non convaincu par ce qu'il nommait le faux raisonnement de son frère, Monval, ce jour-là, fit retentir l'atelier du refrain joyeux et cent fois répété de vieilles chansonnettes longtemps perdues dans sa mémoire.

Déjà Antoine commençait à partager les travaux journaliers de son père; il se montrait habile dans son art. Ses petites mains maniaient les outils

avec l'adresse expérimentée d'un vieil ouvrier ;
sa jeune ambition se bornait à franchir les premières difficultés du métier, qui embarrassent les
apprentis. Arriver seulement à l'habileté et au
talent que possédait son père, lui semblait le
but le plus désirable qu'il pût atteindre ; et, ne
perdant jamais de vue cet excellent modèle, Antoine s'appliquait à l'imiter en toutes choses.
Comme son père, Antoine trouvait, en rentrant le
soir, des délassements bien doux dans de bonnes
et instructives lectures, qu'il faisait tout haut,
afin que Louise, occupée à coudre, pût prendre sa
part de plaisir.

Ce fut pour les sensibles enfants de Guillaume,
habitués à la société de leur jeune cousin, un chagrin
profond que de ne plus voir le petit Joseph ; trop
jeunes encore pour apprécier les motifs qui avaient
dirigé leur oncle dans le parti qu'il avait pris,
Antoine et Louise se bornaient à regretter Joseph.

« S'en aller ainsi dans sa pension sans nous
avoir dit adieu, dit un soir Louise à son frère, ah !
c'est mal ; est-ce qu'il ne nous aimerait pas ? »
Et la charmante et gracieuse enfant essuya avec son
tablier quelques larmes qui glissaient le long de ses
joues.

« Tu pleures, ma bonne sœur, s'écria Antoine,

est-ce que mon amitié ne suffit pas à ton cœur ? »
Et l'aimable apprenti serrait dans ses bras Louise,
qui laissa percer sous son voile de pleurs le plus
charmant sourire.

Hors ces petits nuages qui s'élevaient dans leurs
cœurs et qui provenaient d'une surabondance de
sensibilité, Guillaume et ses enfants goûtaient dans
toute leur plénitude la paix et le bonheur, qui sont
les fruits certains de l'humilité et de la vertu qu'ils
pratiquaient constamment.

Monval, sans cesse interrogé par Louise et Antoine
sur leur jeune cousin, leur promit enfin la visite de
Joseph à la fin du trimestre scolaire.

Louise, au comble de la joie, attendait ce jour
désigné avec une vive impatience. « Pauvre Joseph,
pensait-elle dans son ignorance des ravages que
peut faire l'orgueil même dans un cœur de onze
ans ; pauvre Joseph, comme il doit souffrir loin de
son père, loin de nous ! Comme il va être heureux
le jour de sa sortie ! il va se retrouver au milieu de
tous ceux qu'il aime.... Père, dit un matin Louise
en entourant de ses bras le cou de l'ébéniste,
père, comme je vais me distinguer dans la cuisine
le jour où notre cher Joseph va partager notre
dîner !

— Sois toujours simple et bonne, mon enfant, repartit Guillaume en serrant Louise contre son cœur, et tu seras heureuse. Vois-tu, ma fille, quand bien même le cœur s'userait en aimant des ingrats, cette souffrance est encore préférable à la sèche aridité qui dévore une âme orgueilleuse et égoïste. »

Le jour tant désiré par les enfants de Guillaume arriva enfin : cette visite était un événement dans l'humble ménage du bon ouvrier. Louise et Antoine, dont les cœurs battaient de joie, s'étaient revêtus de leurs plus beaux habits pour faire honneur au jeune écolier. La table était préparée dès le soleil levé; une nappe d'un tissus grossier, mais éblouissante de blancheur, la recouvrait ; les couverts d'étain, étamés dès la veille, simulaient à s'y tromper l'argenterie. Quelques fleurs avaient été achetées par Louise au marché ; elles étaient symétriquement arrangées dans des pots, aux quatre coins de la table ; ces fleurs exhalaient un parfum suave qui donnait à la chambre l'aspect de l'attente d'une fête solennelle.

Enfin, au grand contentement de ses cousins, Joseph, conduit triomphalement par son père, arriva chez Guillaume. Louise et Antoine se précipitèrent vers lui et le tinrent longtemps pressé dans leurs bras. Joseph cherchait vainement à se dégager de ces vives étreintes. « Laissez donc ; vous allez, disait-il, froisser mon col de chemise et ma cravate ; vous m'étouffez, laissez-moi donc respirer. » Cette remarque du jeune écolier ne fut pas perdue pour Louise et Antoine ; elle blessa un peu leur sensibilité ; néanmoins, lorsqu'ils eurent le temps d'examiner en détail la toilette élégante de Joseph, leur bonté naturelle leur persuada qu'ils pouvaient avoir eu tort en ne la respectant pas assez.

L'orgueil que Monval s'était complu à faire naître dans le cœur de son fils, avait fait en quelques mois de rapides progrès. Devenu l'émule d'enfants appartenant à la classe riche de la société, son jeune cœur n'avait pas manqué de faire un triste retour sur lui-même et les siens. Souvent déjà, dans des boutades d'écoliers (car la vanité s'introduit aussi bien dans un pensionnat que dans la société), on n'avait pas craint de lui jeter à la tête son titre de *fils d'ébéniste ;* et l'enfant s'était surpris à rougir de la profession de son père. Jusqu'alors les sentiments de tendresse qu'il devait à l'auteur de ses jours n'avait subi aucune altération ; du moins Joseph se le persuadait. Cependant c'était avec une espèce de honte secrète qu'il l'accueillait toutes les fois que Monval paraissait au pensionnat. Au lieu de lui sauter au cou, ainsi

qu'il le faisait dans les premiers jours de son
entrée, Joseph baissait la tête sur sa poitrine ; et
tandis que l'aveugle Monval mettait cette froideur
sur le compte de la timidité, l'enfant faisait tout
bas ces tristes réflexions : « Comme on va se mo-
-quer de lui en voyant ces vêtements grossiers, cet
air commun, en entendant ce langage d'ouvrier,
et ces cheveux hérissés sur sa tête, chargés encore
de la poussière du bois ; demain, tantôt même,
comme mes compagnons vont se moquer de lui et
de moi !

» Oh ! pourquoi, continuait-il à penser, ne
suis-je point le fils de l'un de ces hommes riches
qui viennent ici dans un brillant équipage ? Oh !
combien alors il me serait doux de me livrer publiquement à mon affection pour un tel père !... »

Si Joseph était susceptible d'enfanter ces pensées
à l'égard de l'auteur de ses jours, auquel il savait
bien devoir de la tendresse et de la reconnaissance,
on juge qu'envers son oncle et ses cousins, tous
ouvriers aussi, il se croyait quitte de tout sentiment d'amitié et même d'égards. D'après l'éducation qu'il recevait, Joseph se plaçait à une hauteur
qui ne lui permettait plus de descendre jusqu'à Antoine et Louise.

Ainsi cette journée, qui promettait tant de jouissances aux deux sensibles enfants de Guillaume, se passa dans une contrainte et une gêne qui les fatiguaient.

Antoine parlait à Joseph de ses espérances, de son avenir, de ses progrès dans son métier, et du bonheur qu'il attendait alors qu'il pourrait remplacer son père dans ses travaux. « Pauvre père, disait l'aimable adolescent, il vieillit, vois-tu, Joseph ; bientôt le repos lui deviendra nécessaire : sur qui doit-il compter si ce n'est sur son fils ? »

Et Louise ajoutait : « Ne me trouves-tu point grandie, mon cousin ? Ah si, n'est-ce pas ?.... Tiens, vois, mais n'en dis rien, je prépare à notre bon père une charmante surprise pour le jour de sa fête. » Et la douce enfant ouvrit un tiroir d'une commode, et montra à Joseph une paire de bretelles qu'elle avait brodées. « Comme il sera joyeux de cette attention de sa petite Louise ! J'ai travaillé à cela pendant la nuit, pour qu'il ne se doutât de rien. »

Et à tout cet éloquent verbiage du cœur, Joseph opposait un front calme, un air soucieux et rêveur.

« Parle-nous donc à ton tour, mon cousin, dit l'impatiente Louise, qui désirait connaître le fond de la pensée de Joseph. Je te trouve, continuat-elle, bien changé ; tu dois t'ennuyer là-bas loin de nous. Je gage, moi, que tu pleures quelquefois, que tu regrettes les journées qui s'écoulaient paisibles et heureuses au sein de notre commune amitié.

— Ai-je le temps de songer à autre chose qu'à mes devoirs?

— Tu travailles donc beaucoup, mon cousin? dit Antoine. Tu apprends le latin ?...

— Et le grec, repartit Joseph d'un ton pédant.

— En effet, dit Louise, tout cela doit t'occuper singulièrement, mais ne doit pas, je l'espère, te faire perdre le souvenir de ta famille. Prends garde, mon cousin, continua l'intelligente jeune fille; j'ai entendu dire à mon père, qu'un peu de savoir rendait heureux, mais qu'il devenait quelquefois dangereux de vouloir approfondir trop de choses.

— Quelle sottise!... répondit Joseph en haussant les épaules; mes maîtres riraient bien des maximes de votre père. »

Pour le coup Louise et Antoine furent véritablement choqués de cette réponse, qui réduisait à une injurieuse nullité la sage expérience de l'auteur de leurs jours.

Les deux enfants gardèrent le silence, et ils furent presque satisfaits lorsque Monval, suivi de Guillaume, vint chercher Joseph pour le ramener à sa pension.

Les adieux furent froids de part et d'autre ; Guillaume, après que son neveu fut parti, interrogea ses enfants.

« Vous devez être satisfaits, leur dit-il ; ce cher Joseph vous a donné une journée entière.

— Je le trouve très-orgueilleux, répliqua Antoine dont le cœur était gonflé de dépit : il n'est pas reconnaissable, mon père. Si, parmi tous ces enfants riches qui sont ses condisciples, il puise des principes qui le détachent de sa famille, je ne voudrais pas à pareil prix acquérir de l'instruction.

— Bien, mon fils, dit Guillaume; j'aime à t'entendre parler de la sorte. Mieux vaudrait rester simple et ignorant, plutôt que de posséder des connaissances qui pousseraient un esprit orgueilleux vers une pédanterie insipide qui lui ferait négliger les premiers devoirs de l'homme et du fils. Il est une instruction plus nuisible qu'utile, qui, ne s'adressant qu'aux facultés de l'esprit, charge la mémoire de mots, de théories inapplicables à la vie, tandis que le cœur, qui a aussi besoin d'une culture particulière, reste plongé dans une sorte d'inertie qui finit par rouiller tous ses ressorts.

» J'appréhende bien que Joseph ne reçoive dans sa pension qu'une instruction semblable ; mais ne préjugeons rien, attendons. Je désire, pour le

bonheur à venir de mon frère, que mes appréhen-
sions soient dénuées de fondement et de vérité.

— Ah! pourquoi ces idées de grandeur et de
science ont-elles pénétré dans l'esprit de mon oncle?
dit à son tour Louise. Pourquoi n'a-t-il pas fait de
son fils un ouvrier comme Antoine? Nous serions
tous heureux. »

Guillaume ne répliqua rien à cette observation de
Louise, qui répondait si bien à ce qu'il pensait lui-
même; mais il jugeait inutile de faire connaître
son opinion à ses enfants.

La conversation sur ce sujet en resta là. Antoine
et sa sœur, lorsqu'ils étaient seuls, ne manquaient
point de s'entretenir sur Joseph, et se promettaient
une autre fois, lorsque l'orgueilleux reviendrait,
de contenir en sa présence les tendres élans qui le
portaient vers lui.

« Nous ne chiffonnerons plus son col, disait
Louise avec un chagrin mêlé d'humeur. S'il nous
aimait comme nous l'aimons, aurait-il songé à sa
chemise et à sa cravate?

— Pardonnons-lui, ma sœur, répliqua Antoine,
et aimons-le davantage, sans le lui faire connaître,
s'il est possible, c'est notre devoir. Dieu commande
d'aimer ses parents, et le père de Joseph est le
frère du nôtre. Qui sait? peut-être un jour il ne

pourra compter que sur notre amitié. L'esprit a ses infirmités aussi bien que le corps; si Joseph était aveugle ou bossu, ne nous serait-t-il pas aussi cher? Tout en ne l'approuvant pas dans ses écarts d'imagination, conservons-lui notre tendresse.

— Tu es meilleur que moi, frère, » dit Louise toute honteuse; et elle enlaça de ses bras Antoine, qui déposa un baiser sur le front de la jeune fille.

Dans cet état de choses, les mois, puis les années, s'étaient écoulés; tous ces enfants étaient devenus de jeunes gens. Antoine avait acquis la raison d'un homme; il était aussi vertueux qu'intelligent. Louise était aussi gracieuse que bonne; l'âge n'avait fait que perfectionner en elle toutes les qualités qui la distinguaient dans son enfance. « Ils ont tenu tous deux, disait Guillaume en les montrant avec orgueil à ses amis, ils ont tenu plus qu'ils ne promettaient. »

- Quant à Monval, il n'avait amené Joseph chez son frère qu'à de longs intervalles; et lorsque Guillaume lui faisait quelques tendres reproches sur l'indifférence que manifestait Joseph pour sa famille, il répondait: « Cet enfant aime tant ses études, qu'il se refuse toute espèce de récréation. » Et Guillaume secouait tristement la tête en signe d'incrédulité.

« Pauvre frère, disait-il tout bas, il a renoncé
à ses folles idées d'égalité et de partage de biens
entre les riches et les pauvres, pour ne s'occuper
que de l'élévation de son fils ; en cela, il ne s'est
guéri d'une folie que pour tomber dans une autre
pire peut-être. »

Cependant l'époque où Joseph devait terminer
ses études et rentrer sous le toit paternel était ar-
rivée ; il avait atteint sa dix-septième année.

Les ressources de Monval s'étaient épuisées peu
à peu : il ne restait alors plus qu'un millier de
francs dans cette armoire où il avait déposé sa part
d'héritage, et ce n'était pas sans un violent chagrin
qu'il soulevait de temps en temps le sac qui avait
contenu sa petite fortune, ce sac qui était devenu
si léger.

Bien qu'il n'osât interroger son frère touchant
ses affaires, Guillaume l'observait en silence. Aucune des sensations pénibles qui agitaient sourdement son cœur et qui se reflétaient sur sa physionomie, n'échappait à sa surveillance attentive. Au
prix d'une portion de sa propre félicité, ce bon frère
aurait voulu assurer celle de Monval.

A mesure qu'il voyait son front se charger de
tristes nuages, Guillaume devenait envers le malheureux Monval et plus affectueux et plus com-

municatif. C'est qu'il désirait, le sensible ouvrier, rétablir, entre son frère et lui, cette tendre confiance d'autrefois, que les idées opposées semblaient avoir détruite pour toujours.

Il s'était écoulé une année depuis la dernière visite de Joseph à ses parents. Ainsi, en le voyant entrer dans l'atelier, le jour où il quitta définitivement sa pension, Guillaume et ses enfants eurent quelque peine à reconnaître, dans le jeune et élégant monsieur qui se présentait, Joseph, leur parent.

« Comme te voilà grandi, mon garçon ! dit Guillaume en serrant avec affectation la main gantée de Joseph. Tu es devenu, vraiment, un beau jeune homme ; te voilà mis comme un *lion*. Tout cet extérieur serait peu de chose, continua le sage ouvrier, si ton cœur ne s'était profondément pénétré des sacrifices qu'a dû s'imposer ton excellent père ; j'espère que tu ne mettras jamais en oubli ce qu'il a fait pour toi ! »

Joseph n'eut pas l'air d'entendre ce que lui disait son oncle, qu'il trouvait, pour le moins, bien hardi de lui tracer son devoir. Tout occupé de lui-même, il secouait une chaise sur laquelle étaient tombés quelques éclats de bois ; puis, ayant étalé dessus un fin mouchoir de batiste, il s'assit en face de l'établi d'Antoine, qui, après avoir embrassé son cousin, s'était remis gaiement à l'ouvrage.

« Tu vas dîner avec nous, dit Guillaume; ta cousine Louise compte sur toi aujourd'hui.

— Je ne le pourrai pas, dit Joseph ; j'ai promis à l'un de mes camarades de pension de passer la journée avec lui; puis, ce soir, nous devons nous rendre ensemble aux Français pour admirer Rachel. Vous voyez bien qu'il m'est impossible d'accepter l'offre de Louise.

— Eh bien, à ton aise, mon garçon, ne te gêne pas. » Ces paroles de Guillaume avaient été prononcées avec une inflexion de voix qui marquait à quel point son cœur était affecté de la légèreté de Joseph.

Puis, après quelques minutes passées à échanger quelques mots insignifiants avec Antoine, Joseph regarda à une petite montre en or suspendue à son col par un cordon de caout-chouc, et s'écria :

« Oh! oh! je me suis oublié : bonjour, bonjour! » Et faisant un signe dégagé avec la main, Joseph s'élança hors de l'atelier.

Un silence, entre le père et le fils, régna après ce brusque départ. Guillaume, suivant le cours de ses pensées, s'écria bientôt :

« Quel luxe! quel faste affiche cet orgueilleux

bambin ! Mon frère a donc véritablement perdu le sens ; il faut de la fortune pour soutenir un tel état de choses, et je suppose que l'éducation de ce gaillard-là doit avoir absorbé les quelques milliers de francs que possédait son père.

— Avez-vous remarqué, mon père, dit Antoine, que Joseph évite de vous appeler mon oncle ? Est-ce qu'il rougirait de nous appartenir par les liens du sang ?

— J'ai observé, dit Guillaume, que l'orgueil et la fatuité se partagent son cœur, et qu'il n'y a déjà plus de place pour les sentiments de la nature. Tiens, tout cela me fait beaucoup de mal. Ne parlons plus jamais de cet infortuné, je t'en supplie, mon enfant. »

Et le bon Guillaume faisait courir sur le bois sa varlope, comme pour s'étourdir lui-même par le bruit que faisait son outil.

Laissons ces honnêtes ouvriers poursuivre leur vie paisible et occupée, et suivons un peu Joseph dans la nouvelle existence que lui donne la position où il est placé.

La famille où Joseph était attendu, le jour de sa sortie de pension, l'accueillit avec bienveillance. Le titre de camarade d'études de son fils était assez valable aux yeux de M. de Bargemont, le chef de cette famille, pour qu'il n'en demandât aucun autre, jusqu'à ce qu'il eût, en père véritablement éclairé sur l'intérêt de son enfant, reconnu par lui-même si le nouveau venu était réellement digne de sa confiance. Dans le salon de M. de Bargemont se trouvaient encore réunis, ce jour-là, quelques amis de classe de Gustave et de Joseph ; tous avaient été accompagnés par leurs pères. Joseph, parmi tous ces visages qui lui étaient familiers, sentit se dissiper peu à peu cet embarras que le jeune homme le plus hardi ne peut s'empêcher de ressentir en face de personnes qui lui sont absolument étrangères.

Pendant le dîner, M. de Bargemont apprit aux jeunes condisciples de son fils, que celui-ci devait dès le lendemain commencer ses études de droit ; tous les jeunes amis, à leur tour, firent connaître leur vocation pour la carrière qu'ils devaient embrasser.

Joseph, hélas ! demeurait silencieux. « Et vous, jeune homme, lui dit avec bonté le père de Gustave, vous ne nous dites rien : quels sont vos projets d'avenir ?

— Je n'en ai formé aucun encore, » murmura Joseph. Et l'attention générale dont il devint subitement l'objet, fit baisser les yeux du jeune

homme ; ses joues , habituellement pâles , se colo-
rèrent de l'incarnat le plus vif. C'est que Joseph se
figurait qu'il avait écrites sur son front ces paroles ,
que ses amis , lorsqu'ils étaient enfants , lui
avaient quelquefois dédaigneusement jetées : *Fils
d'ébéniste* !...

Vers la fin de la soirée , et au moment où les
jeunes amis se disposaient à sortir pour se rendre
au spectacle, M. de Bargemont , qui , dans l'extrême réserve et l'embarras de Joseph , n'avait vu
que les indices de qualités solides qui lui faisaient
désirer de le voir uni à son fils par l'amitié la
plus tendre, M. de Bargemont crut mettre le comble
à sa politesse envers lui , en lui disant , avec
un bienveillant sourire : « J'irai, monsieur, com-
plimenter, un de ces jours, monsieur votre père
pour la bonne tenue et les aimables qualités de
son fils ; vous pouvez , jeune homme, lui annoncer
ma visite. »

Soudain un bras malencontreux poussa légèrement celui de M. de Bargemont , et le mot *ouvrier*,
qui fut dit tout bas à l'oreille du maître de la maison, arriva jusqu'à celle de Joseph ; ce qui lui aurait
fait perdre toute contenance si Gustave ne se fût hâté
de l'entraîner hors de l'appartement.

Préludes ravissants de l'orchestre , éloquente

diction de Mlle Rachel, éclatantes parures des
dames qui ornaient les loges du Théâtre-Français,
en un mot tout ce qui est susceptible de fixer
l'attention de celui qui pénètre pour la première
fois dans ces sortes de lieux : tout cela trouva
froid, triste et pensif le pauvre enfant du peuple,
tant il eut, ce jour-là, l'effrayante perception de
sa position réelle dans un monde égoïste qui semblait le repousser de son sein. Et lorsque ses compagnons heureux laissaient éclater leur ravissement,
un mélancolique sourire qu'appelait avec effort
Joseph sur ses lèvres, répondait seul à leurs bruyants
transports.

Aussi, à la fin du spectacle, Joseph éprouva-
t-il une sorte de joie en prenant congé de ses jeunes
amis.

Le contraste de la petite chambre, espèce de
mansarde, où il trouva son père endormi, avec
l'élégant appartement de Gustave, frappa douloureusement son cœur. Vainement, ce soir-là, il
appela le sommeil sur le petit lit de sangles qui
formait sa couche ; trop de pénibles pensées tra-
versaient son esprit, pour qu'il goûtât les bienfaits
du repos. Il passa en revue, dans son imagination
malade, tous les états pour lesquels il se sentait
du penchant ; mais partout cet obstacle invin-

cible s'offrit à lui : *il faut de l'argent* ! Son père ,
le matin même de ce jour , ne lui avait-il pas fait
le cruel aveu qu'il n'avait plus dans l'armoire
que quelques centaines de francs !... Des larmes
amères s'échappèrent par torrents de ses yeux et
mouillèrent l'oreiller qui soutenait sa tête en-
dolorie.

Joseph , dans la nomenclature qu'il fit , cette
nuit-là, de toutes les carrières offertes aux espérances d'un jeune homme , ne vit guère , pour lui ,
qu'un emploi dans quelque administration civile.
« Pourquoi donc , pensa-t-il , les portes me se-
raient-elles fermées ? chaque individu capable de
remplir avec intelligence les fonctions dont on
l'investit, doit à coup sûr trouver à utiliser ses
talents. Là le pauvre doit assurément trouver
d'honorables ressources, et l'esprit progressif de la
société a fait justice de ces absurdes préjugés de
naissance qui faisaient seulement ouvrir toutes les
issues à ce qu'on appelait les gens bien nés... Oui ,
heureusement , continuait de penser Joseph, l'esprit
de la société est bien changé ; l'homme du peuple
intelligent, au dix-neuvième siècle , et nous en
avons mille exemples, l'homme intelligent, quelle
que soit la classe dont il sort, arrive et dépasse
souvent ceux qui n'ont d'autres titres à la bienveil-

lance publique qu'un grand nom ou un coffre-fort
bien lourd. »

Ce fut cette espérance qui sourit à l'imagination
de Joseph, qui lui procura enfin, avant le jour,
quelques heures d'un repos salutaire; et, en s'éveil-
lant le matin, le jeune homme la carressa de nouveau. Une autre difficulté s'ouvrit alors à ses yeux.
De quelle recommandation s'appuierait-il pour arriver au but vers lequel tendaient tous ses vœux ?
Déjà chez le père de Gustave son origine avait
transpiré, et son orgueil lui montra comme une
chose affreuse d'implorer la protection de ceux qui
avaient acquis cette fatale connaissance.

Joseph aurait voulu s'adresser à quelqu'un auquel il aurait pu cacher la profession, qu'il appelait
honteuse, de son père. Mais ce quelqu'un où le
trouver? quelles circonstances plus ou moins éloignées pourraient le mettre en rapport avec lui ?...

Hélas ! préoccupé ainsi qu'il l'était par toutes
ces importantes pensées d'avenir, ce fut presque
avec brusquerie qu'il accueillit les tendresses de
son père, lorsque celui-ci, avant de se rendre à
l'ouvrage, lui adressa quelques mots affectueux.

« Eh bien, garçon, lui dit le pauvre Monval,
es-tu satisfait de ta soirée d'hier, hein ? Comme il
doit faire bon à vivre parmi ce beau monde-là !

Dame ! il faut tâcher maintenant de te créer une
semblable position ; tu peux marcher de pair avec
tous ces gens-là... Mais comme te voilà triste, tu
ne m'écoutes pas, tu détournes les yeux ! Quelle
mouche te pique donc au cœur, mon garçon ?

— Une position semblable ! s'écria Joseph,
qui, en entendant le langage vulgaire de son père,
sentait tomber toutes ses illusions ; une position
semblable !... croyez-vous donc que ce soit facile ?

— Dame, intrigue-toi ; tâche surtout d'être
heureux ; j'ai travaillé à ce but autant que j'ai pu ;
le reste te regarde, fais pour le mieux. » Ce disant, Monval passa sa blouse, prit sa casquette et
sortit de la chambre.

« A-t-il réellement travaillé pour mon bonheur? »
se dit tristement Joseph ; et cette seule idée ouvrit
un vaste champ à son imagination. Néanmoins il
se sentait au cœur le courage et l'énergie nécessaires
pour lutter corps à corps avec sa fausse position
dans le monde. Pendant quelques jours, Joseph se
donna le plaisir de la promenade ; il se plaisait à
s'asseoir dans les lieux publics, où le monde élégant, à la fin d'une chaude journée, va respirer la
brise embaumée du soir, sous les marronniers en
fleurs du jardin des Tuileries. Méconnu de tous,
vêtu avec la somptuosité des classes riches de

société, Joseph se grandissait dans son opinion, et
dans ses jouissances éphémères de la vanité ét de
l'amour-propre, notre jeune orgueilleux aspirait à
longs traits du bonheur pour quelques instants.

Il oubliait complétement alors son père, son
oncle et ses laborieux cousins, jusqu'à ce que,
retombant dans une cruelle réalité, il pût mesurer
les obstacles qui lui restaient à franchir.

Les fonds de Monval ne pouvaient être inépui-
sables : cette pensée tourmentait Joseph. Chaque
matin, en sortant, il glissait une pièce de cinq
francs dans sa bourse, qui restait vide le soir,
ce qui devait à coup sûr accélérer sa ruine totale ;
ces cinq francs, il est vrai, étaient employés à sa
subsistance journalière. Il faut bien que je vive,
se disait Joseph, comme pour répondre à sa conscience qui lui reprochait quelquefois qu'il pouvait
bien apporter plus d'économie dans ses dépenses ;
mais il aurait singulièrement répugné à Joseph
d'aller s'asseoir dans un restaurant de mince apparence, au milieu, peut-être, d'une société d'honnêtes ouvriers qui lui auraient rappelé son origine.

Cependant, hâtons-nous de dire qu'au prix de
dix années de son existence, Joseph eût voulu
occuper un emploi lucratif, et que cette vie oisive
qu'il menait depuis un mois environ, lui devenait

à charge : il sentait bien que l'homme n'avait point été créé par Dieu pour qu'il n'exerçât pas soit la force de ses bras, soit ses facultés intellectuelles ; que le travail enfin était la véritable destination de l'homme.

D'ailleurs, Joseph se plaisait à bâtir des rêves charmants : il voulait rendre son père heureux, l'empêcher de recourir à son ouvrage habituel pour trouver les premières nécessités de la vie, et, disons-le encore, ces nobles pensées lui étaient plus intimement inspirées par un sentiment d'amour filial que par les sots calculs d'une vanité égoïste ; oui, car Joseph n'était point méchant : les écarts de son imagination et de son cœur, il les devait tous aux erreurs de son éducation et à sa vanité.

Joseph, qui fuyait ses camarades de pension, dont il se croyait dédaigné, avait fait, dans ses promenades de chaque jour, la rencontre d'un homme avec lequel il n'avait pas tardé à lier connaissance ; sans lui parler de sa famille, ce qui, pensait-il, pourrait lui nuire essentiellement dans toutes les situations où il se trouverait, il lui avait exprimé le désir louable d'utiliser ses jeunes talents. L'homme, son aîné dans la vie, avait tristement secoué la tête. « Eh quoi ! dit Joseph, est-il donc impossible de se frayer une route quand on veut s'avancer dans le monde avec bon vouloir et activité ?

— Ce n'est point impossible, repartit cet homme, mais c'est au moins fort difficile : les avenues des places sont encombrées par une foule de jeunes gens qui sont hautement protégés ; de sorte que celui qui ne peut compter que sur son mérite, est bien souvent repoussé. C'est une triste vérité ; mais les hommes sont ainsi faits : ils n'accordent de la considération au nouveau venu qu'alors qu'il est protégé par des personnages influents.

— Pourquoi cela? dit naïvement Joseph.

— Enfant! reprit en souriant son interlocuteur, n'avez-vous donc pas compris que l'égoïsme, nséparable de la nature humaine, se montre dans toutes nos actions, et qu'en agissant de la sorte, l'homme, tout en faisant en apparence un acte d'humanité et de justice, se trouve flatté d'abord d'avoir pu obliger soit un député, soit un pair de France, sans compter qu'il se réserve, à part lui, l'avantage de les mettre à contribution à leur tour, si l'occasion s'en présente. Dans ce monde-ci, mon jeune ami, service pour service, rien pour rien ; et cette vérité, si révoltante pour l'homme de bien, gouverne tellement la société, qu'il n'est point étonnant de voir les progrès que fait chaque jour cette maladie, qui s'appelle découragement, maladie qui éteint les plus nobles intelligences, et qui réduit enfin les êtres éminemment propres à briller, s'ils avaient été protégés, à vivre dans une affreuse nullité. »

Un silence suivit ces paroles, silence pendant lequel le pauvre Joseph envisagea de nouveau sa position sous son aspect le plus désolant; mais son nouvel ami reprit bientôt :

« Que tout ce que je vous ai dit, jeune homme, n'aille pas vous enlever toutes vos espérances; elles seules peuvent combler le temps qui sépare l'adversité du bonheur. Bien qu'au milieu d'une existence toute positive, l'espoir d'un sort meilleur ne puisse guère apporter de soulagement réel, l'homme s'y attache fortement, pour ne pas succomber sous le poids des nombreuses déceptions qui l'environnent, et que le monde lui jette sans pitié à chaque pas qu'il fait dans cette triste vie. Quoique je sois fort peu influent, continua-t-il, je chercherai néanmoins à vous être utile : mon désir de vous obliger me rendra éloquent et persuasif; j'ai des amis employés dans diverses branches d'administration, je les verrai tous; dans quelques jours vous aurez ma réponse. » Ce disant, les nouveaux amis se séparèrent.

Il faut bien peu de chose, à l'âge de Joseph, pour faire passer du sentiment de la tristesse à celui de la joie; l'imagination est un instrument dont les cordes flexibles se montent et se démontent sans effort. Joseph, d'après la promesse qui venait de lui être faite, se crut arrivé à l'apogée de la félicité; son front sur lequel une pensée constante creusait des rides précoces, s'illumina d'espoir; et Monval, au retour de son travail, se ressentit de l'heureuse réaction qui s'était opérée dans les idées du jeune savant.

Le pauvre père, qui n'osait plus prononcer un mot, dans la crainte d'irriter la mauvaise humeur de son fils, et aussi parce qu'il se trouvait indigne d'associer son langage, entaché d'expressions populaires, avec le langage érudit et brillant de Joseph, le pauvre père, profitant ce soir-là de la liberté qu'on semblait lui laisser, poussa la hardiesse jusqu'au reproche.

« Ton oncle se plaint de toi, dit Monval, pourquoi donc ne vas-tu pas le voir? Eh! eh! garçon, on ne sait ce qu'il peut arriver; il a de beaux écus placés, et il ne serait pas impossible de l'amener à faire quelque sacrifice dans ton intérêt. »

Joseph fronça le sourcil.

« Qu'il garde son argent! s'écria-t-il; ses écus

me seraient plus nuisibles qu'utiles, en ce qu'ils me forceraient à voir des gens qu'il m'est impossible d'avouer pour mes parents. »

Monval ne répliqua rien ; mais ces paroles de Joseph le piquèrent au cœur.

« Il rougit donc d'appartenir à mon frère, pensat-il ; à mon frère, que son instruction place audessus de la classe ouvrière ; à mon frère, qui, grâce à sa sagesse et à son économie, jouit d'une véritable aisance ! L'ingrat, ne finira-t-il pas par me renier aussi ! » Et une larme furtive s'échappa de ses paupières et roula silencieusément le long de ses joues ; mais cette larme, il la déroba à Joseph, et depuis ce jour le malheureux Monval allait se disant :

« Qu'ai-je fait ! qu'ai-je fait !... Guillaume pouvait bien avoir raison ; fatal orgueil !... »

Cependant, ne s'imaginant pas causer du chagrin à son père, Joseph attendait avec la plus vive impatience le résultat des bienveillantes démarches de l'homme qui l'avait pris en pitié.

Au jour indiqué, donc, ils se trouvèrent au jardin des Tuileries, où s'était cimentée leur connaissance. « Hélas, mon jeune ami, dit cet homme en abordant Joseph, il en a été ainsi que je vous le disais : aucune place n'est vacante ; ces messieurs

qui ne veulent pas obliger, ont toujours cette difficulté à opposer à toutes les sollicitations. » Joseph
écoutait cet homme dans un morne silence ; son
cœur, déçu dans son espoir, s'abîmait dans une
de ces douleurs indicibles qui paralysent toutes les
pensées, qui laissent l'âme dans une insensibilité
complète.

« Il me faudra donc mourir ! » murmura-t-il
sourdement. « Mourir ! s'écria le vieillard vivement touché d'un tel désespoir ; mourir quand
Dieu vous châtie si faiblement ! mourir à vingt ans !
mourir quand l'avenir est à vous ! Oh ! mais savez-
vous que le découragement est de l'impiété ? Quoi !
à peine au seuil de la vie, vous criez grâce et
merci, vous appelez la mort ; à la première ronce
qui déchire vos pieds, vous voulez retourner en
arrière, vous vous épouvantez ! Que ferait donc un
malheureux vieillard ? Pauvre enfant, savez-vous
que, pour mériter le nom d'homme, il faut avoir
souffert, il faut avoir pleuré, il faut s'être résigné,
il faut porter sa croix ainsi que la portait Notre-
Seigneur en montant le Calvaire ? Ah ! ce Dieu
d'amour nous a donné un sublime exemple de force
et de courage ; cherchons donc à l'imiter, nous qui
sommes si faibles, si petits par nos détestables erreurs, par notre misérable vanité. »

Ce langage pieux, loin de consoler notre jeune orgueilleux, excita en lui un superbe dédain. Hélas ! Joseph avait vu s'affaiblir ses croyances saintes du jeune âge ; il les avait rejetées de son âme, comme on se débarrasse d'un fardeau qui nous écrase sans profit. Dans des livres menteurs, l'insensé avait puisé de faux principes qui, en détruisant la foi dans le cœur des hommes, les laissent errer dans un vague indéfinissable qui ne leur apporte plus ni espérance ni consolation.

Joseph opposa un sourire empreint de pitié à la morale de celui que dès lors, en style d'impie, il appela un *bigot.* « Tout ce que vous venez de dire, s'écria-t-il, est admirable en théorie, mais la pratique me paraît difficile.

— Tout devient possible à celui qui veut fermement, » reprit l'inconnu, qui avait jugé le jeune homme ; puis il ajouta, après un instant de réflexion : « Si vous êtes rebuté aujourd'hui dans ce que vous désirez, qui vous dit, jeune homme, que vous le serez demain ? Désespérer de la miséricorde divine est à mon avis le pire des malheurs. J'ai fait pour vous tout ce qui m'était permis de faire ; d'autres que moi seront plus heureux, je l'espère. Adieu. » Et, ce disant, le vieillard se sépara de Joseph.

Dès ce moment, de nouvelles luttes s'engagèrent dans le cœur du jeune érudit, de nouvelles espérances y surgirent aussi. Il s'imagina posséder assez de capacité pour faire un auteur; il se mit donc à l'ouvrage avec ardeur, et, après huit jours de travail, il avait composé une pièce de théâtre. Il alla droit frapper à la porte d'un directeur; il se posa devant lui avec l'assurance d'un talent consacré. Le comité eut bien de la peine à s'empêcher de rire en écoutant la lecture d'un ouvrage plein d'un fatigant boursoufflage et de pensées sans règle ni mesure. Bref, on ne rit pas trop haut, mais on congédia ce nouvel adepte, et le soir Joseph, plein de dépit, fit un *auto-da-fé* de son travail, non sans avoir taxé d'injustice et de partialité tous les directeurs passés, présents et à venir. Pendant tout ce temps-là, ses vêtements avaient perdu leur fraîcheur, ils s'usaient, et, pour comble de disgrâce, le petit sac de Monval ne contenait plus que quelques pièces *de cent sous*.

Joseph, qui s'était nourri de grandes ambitions, aurait rougi de descendre à l'état de copiste pour pouvoir exister; il avait cette fatale idée, commune à bien des gens, qu'un pas fait en arrière est préjudiciable à l'avenir, c'est-à-dire que lorsqu'on a une fois descendu jusqu'au bas de l'échelle sociale, il est impossible de pouvoir franchir tous les degrés qui conduisent au faîte; il refusait de croire que se plier, en attendant mieux, à un travail de médiocre rapport est bien plus honorable que de végéter dans une lâche inertie et d'accabler du poids de son existence des parents malheureux; aussi buvait-il à longs traits dans la coupe amère des déceptions, aussi laissait-il entrer dans son âme des pensées indignes d'un bon fils, et étouffait-il les sentiments les plus légitimes de la nature.

Le pauvre Joseph, qui repoussait ainsi de son cœur l'affection sainte de parents estimables, parce qu'il s'imaginait follement leur être supérieur; le pauvre Joseph, qui se voyait incessamment en butte au mépris de la société qui, malgré tous ses efforts, semblait ne pas vouloir le reconnaître pour l'un de ses enfants; le pauvre Joseph souffrait de ces tortures de l'orgueil qui font de l'homme qui s'y abandonne l'être le plus misérable. Pauvre *paria* qu'il était, il usait une à une ses forces dans cette lutte intérieure, sans qu'une religion toute de charité, d'espérance et de consolation lui apportât quelque soulagement; non, car Joseph se parait du nom d'incrédule : il se faisait gloire de nier tout ce qu'il y a de noble, de grand, de vrai;

il osait même, dans son aveuglement, blasphémer contre la divine Providence qui veille sur les hommes avec une si tendre sollicitude !

Oh ! Joseph était aussi coupable que malheureux ! Après avoir tenté tous les moyens permis à son orgueil pour se faire jour à travers la foule innombrable qui se pose journellement devant toutes les portes du pouvoir, Joseph s'était pris d'un subit découragement en face de tant d'obstacles ; l'enfant humilié versait des larmes ; il en était, hélas ! venu au point de maudire la société qui, sans se préoccuper de lui, suivait son invariable cours, départant à quelques privilégiés toutes ses faveurs, tandis qu'elle déshérite les autres de toute part à ses faveurs ; il en était venu au point de calomnier son père, qui avait bercé son jeune âge de tant d'espérances mensongères, et qui semblait l'avoir élevé un instant au-dessus de tous afin de lui mieux faire mesurer la profondeur de l'abîme où il était plongé. Le pauvre Monval subissait alors les tristes conséquences de la fatale erreur qui l'avait égaré ; et ce ménage, qui aurait pu connaître et goûter la paix et le bonheur qui régnaient dans celui du sage Guillaume, était en proie aux plus profondes douleurs et à la plus cruelle indigence.

Il restait à endurer encore à Monval une de ces souffrances qui ébranlent toutes les fibres du cœur d'un père.

Un soir qu'il sortait de l'atelier, vêtu de sa blouse, Monval faisait lentement le chemin qui devait le conduire dans sa chambre, où n'habitaient plus avec lui que de grandes tristesses ; tout à coup la voix de Joseph parvint jusqu'à lui : en ce moment le jeune orgueilleux était à causer avec diverses personnes desquelles il espérait se servir pour obtenir un emploi. Monval n'a pas plus tôt aperçu son fils qu'il s'élance sur ses traces, l'aborde et le tient : « Viens, Joseph, dit-il, viens dire bonsoir à ton oncle et à tes cousins. » Mais Joseph, sur le visage duquel se peint une vive colère, reste immobile, muet. Les personnes qui sont avec lui se sont éloignées un peu ; elles ont voulu laisser le champ libre au vieillard qu'ils ne connaissent pas, à Monval, qui poursuit dans toute la naïveté de son cœur :

« Que t'ai-je donc fait, mon fils, pour que tu me regardes avec tant de courroux ?

— Son père ! murmura un des compagnons de Joseph.

— Oui, je suis son père, reprit l'inexorable Monval, et je m'en fais gloire. Ah ! dame, son édu-

cation m'a coûté assez cher, à moi, pauvre ouvrier
ébéniste ; mais aussi c'est un garçon d'esprit et qui
doit devenir quelque chose. »

Un dédaigneux éclat de rire fut la réponse des
amis de Joseph.

Pour lui, après quelques minutes d'un combat
intérieur qui avait d'abord glacé tous ses esprits, il
trouva soudain la force de s'écrier, en repoussant la
main de son père : « Je ne vous connais pas, je ne
sais ce que vous voulez dire ! » En disant ces mots,
il passa son bras sous celui de l'un de ceux qui
l'accompagnaient, et les entraîna tous loin du lieu
où s'était passée cette scène.

Longtemps cloué à la même place, le malheureux Monval, à son tour, resta immobile, tant
l'affront fait à son cœur lui parut intolérable et
sanglant ; puis, sa sensibilité de père s'étant tout
à coup éveillée, il versa des torrents de larmes,
tout en s'acheminant vers sa demeure.

« N'ai-je donc réussi qu'à faire un monstre d'ingratitude de mon enfant ? » pensait-il ; et ses larmes
coulaient de nouveau, et des soupirs s'échappaient
en tumulte de sa poitrine.

« Ah ! c'en est fait de mes espérances et de mon
bonheur ! s'écria Monval en entrant dans sa
chambre ; je ne veux plus le voir. Celui qui renie

son père comme Judas renia le Seigneur, doit être maudit de Dieu : qu'il n'approche donc plus de moi, car je me sentirais le courage de le maudire ! » Et, dans ces instants où tous ses sentiments d'indignation étaient soulevés, Monval eût été capable de tuer Joseph, s'il se fût offert devant lui ; mais Joseph ne rentra pas de la nuit, nuit cruelle, nuit d'une affreuse longueur, qui n'apporta pas au malheureux ouvrier un instant de repos.

Le jour le trouva levé, pâle, malade ; et les yeux baignés de pleurs, dans cet état d'angoisses et de trouble, Monval n'osa pas retourner à l'atelier ; il craignait plus que toute chose le perspicace regard de Guillaume. Le malheureux a aussi une sorte de pudeur, de honte ; et pour Monval, qui avait si follement méprisé les avis sensés de Guillaume, il y avait encore dans son cœur un autre sentiment que la honte, qui l'empêchait de s'offrir à l'investigation de son vertueux frère : c'était son orgueil qui, bien qu'expirant, l'empêchait de dire à Guillaume :

« Frère, tu avais mille fois raison, et je me suis cruellement trompé. »

Vers le milieu de la journée, une lettre fut remise à Monval ; elle était de Joseph ; il l'ouvrit précipitamment :

« Vous m'avez perdu en m'appelant votre fils,
lui disait l'insensé : désormais tout est fini entre
nous, je ne rentrerai plus à la maison, je vous dois
tous mes malheurs. Que n'avez-vous fait de moi un
ouvrier !...

» Adieu pour toujours.

» JOSEPH. »

En achevant de lire ces mots, Monval tomba sans
connaissance sur le plancher. Au bruit que fit cette
chute, une voisine accourut.

« Père Monval ! » dit-elle en secouant le vieillard
pour le rappeler à l'existence ; mais ce fut inutile,
il restait plongé dans sa torpeur ; alors elle courut
avertir Guillaume.

Ce fut avec un inexprimable sentiment de pitié
et de tendresse que celui-ci contempla son frère
dans l'état affreux où il était plongé ; et, pendant
que par son ordre on lui portait des secours pour
le ranimer, Guillaume fit un minutieux examen
de cette chambre qui offrait l'aspect du plus triste
dénûment : un papier griffonné qu'il ramassa
(c'était la cruelle lettre de Joseph) lui apprit la
véritable cause de l'évanouissement de son malheureux frère ; et son cœur, plein d'un miséricordieux amour et d'un dévouement sans bornes, lui

inspira aussitôt la résolution de lui consacrer tous ses soins, et de profiter de cet état d'insensibilité de Monval pour le faire transporter chez lui, car Guillaume savait bien qu'il s'y opposerait s'il avait recouvré le sentiment de la douleur.

Or en peu d'instants le malade fut conduit chez Guillaume, un docteur fut appelé; et Louise et Antoine rivalisaient de zèle et de soins touchants auprès du chevet du lit où reposait, toujours sans connaissance, le frère chéri de leur père.

Guillaume résolut — tout indigné qu'il fut contre le mauvais fils qui méconnaissait si cruellement l'aveugle bonté d'un père — Guillaume résolut de cacher à Monval le hasard qui l'avait rendu maître de son secret; car il savait bien, le sage ébéniste, que son frère, au prix de son existence, ne se serait pas décidé à lui faire cet aveu.

« Pauvre frère, pensait Guillaume, il est assez puni de son erreur; je ne croyais pas que l'expiation suivît de si près la faute. »

Tant de soins lui furent prodigués, que Monval reprit peu à peu la perception des objets qui l'entouraient. Longtemps il chercha, en rappelant ses esprits affaiblis, une lueur qui pût l'éclairer sur les choses passées; en considérant Louise, si doucement attentive, en l'entendant lui prescrire un repos et un silence absolus, le malheureux Monval crut être le jouet d'un songe.

« Où suis-je ? dit-il enfin en passant une main sur son front; pourquoi donc m'a-t-on placé dans ce lit ?

— Repose-toi, frère, se hâta de répliquer Guillaume; tu es ici chez toi, chez de vrais et sincères amis qui ont à cœur de te prouver combien tu leur es cher; tu as été malade, et nous avons voulu être à portée de te donner des secours : voilà tout, frère. »

Monval referma les yeux. Hélas! pendant que Guillaume parlait, sa pensée lui retraça l'indigne conduite de Joseph, et pour échapper à la honte, il se réfugia en lui-même.

Un mois tout entier s'était écoulé avant que les forces fussent revenues au malheureux Monval. Entouré de respect, de tendresse et d'égards, il semblait, bien que son cœur fût déchiré en songeant à son coupable fils, il semblait qu'il recommençait une vie nouvelle; son cœur se pénétrait de reconnaissance pour ce frère si longtemps dédaigné et pour des neveux aussi sensibles que vertueux et bons; bien souvent ses lèvres s'ouvrirent pour exhaler, en le confiant, le profond chagrin qui dévorait son âme, et toujours un reste de fierté

l'empêcha de parler. Dans cette espèce de contrainte qu'il s'imposait, Monval n'était pas à son
aise ; et, un jour qu'il se sentait tout à fait rétabli
et qu'il parla de descendre à l'atelier pour recom-
mencer ses travaux, Guillaume l'en empêcha, en
lui disant avec une pénétrante douceur de voix et
une douce autorité : « Frère, il y a quatre bras
ici qui travailleront pour toi ; je t'ordonne de te
reposer. »

Monval ne put résister à tant d'amour et de
dévouement ; des larmes s'échappèrent de ses yeux ;
et, par un mouvement involontaire peut-être, le
pauvre vieillard glissa à terre et se trouva posé sur
ses deux genoux.

« Frère, frère, pardon ! s'écria-t-il ; je fus un
grand enfant, un misérable orgueilleux, qui mis
en doute ta science et ta raison ; tu vaux cent mille
fois mieux que moi : mais Dieu m'inflige un châtiment terrible. Pardonne-moi, frère !

— Je n'ai rien à pardonner, s'écria Guillaume,
dont le cœur ému battait avec force tandis qu'il
relevait son frère ; je n'ai rien à pardonner, puisque
tu ne m'as jamais offensé : oublie toi-même ton
chagrin, afin de pouvoir vivre plus heureux parmi
nous. »

Ces deux frères confondirent alors leurs cœurs

dans un tendre et profond embrassement. Cependant, de part et d'autre, par un sentiment de délicatesse de cœur, on évitait de prononcer le nom du coupable Joseph; seulement Louise et Antoine s'occupaient de leur cousin, et ces enfants, qui n'envisagaient d'autre félicité que celle que l'on peut goûter dans une sympathique intimité de famille, auraient voulu associer Joseph à leur bonheur commun.

Il n'y a rien comme un profond malheur pour changer le caractère de l'homme, pour abattre son orgueil insensé. Celui qui se persuadait, au temps de la prospérité, posséder la puissance et la force, courbe sa tête quand la douleur fond sur lui; il devient aussi faible qu'un enfant.

Tel était Monval. Guillaume lui avait dit : « Ma maison est la tienne, tout ce que je possède t'appartient. » Et Monval, qui avait prononcé dans le fond de son cœur la condamnation de son fils, et qui aurait voulu, dans sa tendresse blessée de père, placer un abîme infranchissable entre Joseph et lui, Monval, disons-nous, avait obéi à Guillaume; il était allé, un matin, chercher tout ce que sa chambre renfermait d'effets, et l'avait apporté chez son frère. « Là, pensait-il, il n'osera pas se présenter devant moi; il ne viendra pas s'exposer à la juste colère d'un oncle qu'il a irrité par d'affreux dédains et le plus injurieux mépris. »

Cependant, dans ces profondes et sourdes angoisses paternelles, une année tout entière s'était passée sans que Monval eût reçu la moindre lumière touchant la destinée du nouvel enfant prodigue. Chaque jour qui s'était écoulé, durant ce long espace de temps, n'avait fait qu'endurcir son cœur pour l'ingrat qu'il avait assez aimé pour lui avoir fait le sacrifice le plus absolu de ses intérêts personnels.

Toutes les tendresses de Monval s'épanchaient sur Louise et Antoine, qui avaient bien voulu l'aimer, lui, pauvre vieillard, pauvre père qui se sentait mourir dans la froide indifférence de son enfant ; sur Louise et Antoine, qui, ainsi que deux anges terrestres, s'attachaient à lui en raison de l'immense malheur qui le frappait.

Auprès de ces vertueux et aimables jeunes gens, auxquels il était uni par les liens du sang, Monval oubliait souvent qu'il avait eu un fils, et s'il y songeait quelquefois encore, ce n'était que pour soulever contre lui le poids de son indignation, ou bien pour le chasser de son souvenir.

Antoine avait atteint sa vingt-troisième année. Jamais fils n'avait mieux ressemblé en tous points à son père : avec les doux traits, la physionomie à la fois joviale et calme de Guillaume, il avait aussi sa raison puissante et son esprit éclairé. Parvenu à cet âge où l'homme a atteint toute sa virilité, Antoine crut le moment venu pour user des droits qu'il s'était acquis à la confiance et à la tendresse de son père.

Or, un jour qu'ils travaillaient tous, Monval, Guillaume et lui, Antoine cessa tout à coup d'agir.

« L'homme, dit-il, qui a consacré une partie de sa vie à amasser quelque chose pour sa vieillesse, doit savoir jouir du bien-être qu'il s'est procuré, s'il ne veut passer pour un ambitieux, ajouta-t-il avec une certaine malice qui n'échappa pas à Guillaume.

— Que veux-tu dire, enfant ? s'écria Guillaume en jetant loin de lui l'outil qu'il tenait et en croisant ses bras sur sa poitrine.

— Ecoutez, dit Antoine non sans ressentir une émotion qui brisait sa voix, écoutez, père, et n'allez pas vous fâcher si j'ose vous faire part d'idées que je crois justes.

— Parle !

— Eh bien, n'est-il pas temps que vous vous reposiez? Si je suis bien instruit, père, grâce à votre travail et à votre esprit d'économie, vous possédez un capital de *vingt mille francs*, cela vous rapporte mille francs de rente ; n'avez-vous pas de quoi vivre sans recourir au travail ?

— Tu veux donc me faire mourir pour me faire vivre ? s'écria Guillaume ; penses-tu que je pourrais longtemps tenir à l'existence que tu m'offres ? Vois-tu, Antoine, rien ne tue comme le repos un corps habitué à se mouvoir.

— Mais, observa timidement Antoine, ne pourriez-vous au moins changer d'occupation ? J'aimerais à vous voir, vous et mon oncle, dans un beau magasin d'ébénisterie ; tenez, par exemple, dans celui qui est vacant et qui touche à notre atelier. Notre capital, qui ne rapporte que cinq du cent, se doublerait par de nouvelles opérations commerciales ; et, par ce moyen, mon bon père, vous seriez constamment occupé, ainsi que mon oncle. Quant à moi, à la tête d'ouvriers intelligents, je voudrais toujours être en mesure pour confectionner les meubles que la vente nous aurait enlevés. Oh ! comme Louise serait joyeuse de pouvoir vous être utile pour la vente, et.... »

Mais Antoine n'acheva pas sa phrase. Guillaume avait passé sa veste, pris sa casquette suspendue au pied d'un meuble renversé, et il s'était élancé hors de l'atelier, laissant Antoine et Monval stupéfaits de cette brusque sortie.

« Où court-il donc ? s'écria Monval en riant de tout son cœur.

— Il va louer la boutique : » répondit tranquillement Antoine.

Il ne s'était pas trompé, Antoine : au bout d'une heure, Guillaume rentra tout rayonnant de satisfaction.

« Nous voilà commerçants ! » dit-il à Monval en lui serrant la main, tandis que celui-ci baissa la tête ; en ce moment, il se reprochait vivement ses torts envers un frère si généreux.

Un mois après, Louise tenait merveilleusement sa place au comptoir. La douce enfant, jusque-là renfermée dans les soins du ménage, s'occupait avec zèle et activité du magasin ; et quelquefois elle se prenait à dire, en contemplant les beaux meubles dont elle était environnée : « A coup sûr, si Joseph me voyait ici, il ne serait plus honteux de m'appeler sa chère cousine. » Et cependant, hâtons-nous de le dire, aucun sentiment d'orgueil, encore moins de vanité, n'avait trouvé place dans le cœur de Louise ; car, si la pauvre jeune fille se sentait heureuse de sa nouvelle position dans le monde, cette joie, ce bonheur ne se rattachait

qu'à la pensée de ramener son cousin aux saintes
félicités de la famille.

Il arriva à cette famille ce qui doit arriver à tous
ceux qui ne s'écartent pas des lois de l'honneur
et de la vertu. A la fin d'une année déjà, Guillaume
s'applaudissait d'avoir suivi en tout point l'inspi-
ration d'Antoine. Leur commerce, dans lequel ils
apportaient la plus scrupuleuse probité, avait singulièrement prospéré; les acheteurs venaient en
foule dans leur magasin, de sorte que leur bénéfice
était considérable; ce qui permit à Guillaume
d'exercer la bienfaisance à l'égard de ses anciens
confrères, qui se trouvaient souvent dans des positions difficiles, qu'ils devaient soit à de longues
maladies, soit à des chômages forcés.

Partout le généreux ébéniste était cité comme
la providence terrestre du quartier Saint-Antoine.
Jadis, il avait aidé de ses conseils; devenu plus
riche, il aidait de sa bourse; ce qui lui acquit,
avec l'estime, l'amitié et la reconnaissance de ceux
qu'il tirait d'embarras, la réputation la plus honorable pour l'homme, réputation pour laquelle,
hélas! on travaille le moins de nos jours: celle, en
un mot, qui consiste à être reconnu universellement
pour un type de probité et de vertu. Souvent
Monval, en voyant sortir l'argent du comptoir

pour passer dans les mains d'êtres malheureux et
souffrants — argent qu'il jugeait devoir être perdu
pour son frère, — souvent Monval secouait la tête
et osait blâmer Guillaume de sa charité ; mais alors
le pieux et sensible ébéniste souriait avec bon-
homie et disait : « Sois tranquille, frère ; chaque
bonne action trouve sa récompense : là haut, vois-
tu, il est un souverain Rémunérateur qui n'oublie
rien de ce que font les hommes ; à mesure que je
viderai ma poche, elle se remplira comme par
enchantement. Laisse faire, tu verras toi-même. »

Et, en effet, les prévisions du sage Guillaume
ne tardèrent pas à se justifier au delà même de ses
espérances.

C'étaient toujours de nouvelles commandes qui
lui arrivaient, des ameublements d'un prix considérable qu'il avait à fournir. C'est qu'aussi Antoine
avait, en peu de temps, véritablement perfectionné
un art qui semble d'abord purement mécanique,
il avait réussi à confectionner des meubles d'une
hardiesse et d'une originalité qui l'avaient mis en
grande réputation. Ces meubles, exposés dans la
salle de l'industrie française, lui avaient mérité
une médaille d'or et les suffrages les plus flatteurs.
Il fallut alors nécessairement donner de l'extension
à leurs ateliers, à leurs magasins ; il fallut em-

ployer plus de bras ; car ils ne pouvaient plus
suffire aux exigences des riches habitants du faubourg Saint-Germain et de la chaussée d'Antin , qui
tenaient singulièrement à honneur de posséder des
meubles des ateliers Monval.

En voyant que Dieu bénissait toutes leurs opérations, Guillaume disait à Monval : « Que t'avais-je
dit, frère? le doigt de Dieu n'est-il pas dans tout
ceci ? »

Et Dieu qui protégeait visiblement la maison de
Guillaume, Dieu qui se plaît à élever les humbles
de cœur, Dieu ne devait point encore borner là
sa sollicitude paternelle envers le jeune Antoine,
dont les vertus égalaient celles du généreux et vieil
ébéniste. Ayant accès dans la demeure des grands ,
le jeune fabricant de meubles s'y montra à la fois
si plein d'honneur et de sagesse, si instruit et si
modeste, qu'il s'y fit remarquer ; dès lors la dis-
tance qui le séparait de cette portion de la société
sembla comblée ; et , sans l'avoir nullement ambi-
tionnée, l'intelligent jeune homme se trouva être
devant la société, comme il l'était devant Dieu ,
l'égal et le frère d'hommes éminents.

Appelé souvent dans des maisons où il n'était
nullement question d'affaires commerciales , Antoine avait la douce satisfaction de se voir recherché

pour lui-même ; son cœur, loin de tirer vanité de
l'honneur qui lui était fait, se pénétrait alors du
sentiment de son infériorité, et s'enveloppant ainsi
dans une profonde humilité, il n'en paraissait aux
yeux de tous que plus digne et plus grand.

En l'espace de dix années, sa fortune était devenue considérable. Mais tant de prospérités ne
lui firent jamais perdre le souvenir de son origine
obscure. Tous ses anciens compagnons, loin d'être
jaloux de son élévation, voyaient en elle l'œuvre
de la justice divine. Pour ses anciens frères d'atelier, Antoine fut toujours un ami dévoué, un
protecteur zélé; Antoine fut toujours l'humble
ouvrier qui travaillait sans relâche comme par le
passé. Des personnes distinguées, des artistes,
recherchaient avec empressement l'occasion de se
trouver dans l'intimité d'Antoine ; l'heureux choix
de mots, le ton exquis qu'apportait en toutes ses
manières le jeune fabricant de meubles, excitaient
leur étonnement ; c'était pour eux chose admirable
et curieuse que de voir ce jeune homme sorti des
rangs du peuple, du sein d'une vie travailleuse et
obscure, briser toutes les barrières qui le séparaient
de la haute société, s'élever au niveau des supério-
rités contemporaines, et cela seulement par la force
de son génie et de sa vertu.

Un soir, Antoine fut convié à l'une des soirées d'un célèbre artiste ; là devait se réunir l'élite de ces hommes qui se dévouent complétement aux lettres et aux arts.

Bien qu'Antoine n'aimât pas à se séparer de sa famille, fût-ce même pour quelques heures, néanmoins, vivement sollicité par son père pour accepter cette bienveillante invitation, il promit de s'y rendre. Or donc, à l'heure convenue, le jeune fabricant de meubles entra dans un vaste salon somptueusement décoré et resplendissant de lumières. Après avoir été accueilli avec une grande politesse par le jeune maître de la maison, Antoine prit place parmi une foule de personnes qui s'étaient fait un nom dans le monde ; la porte ne tarda pas à s'ouvrir, livrant passage à quelques nouveaux invités. Un jeune homme, qu'on avait annoncé sous le nom de M. de Rostange, attira toute l'attention d'Antoine.

C'est qu'au milieu de cette réunion de jeunes élégants de Paris, M. de Rostange offrait le contraste le plus étrange. Quoiqu'on fût alors au mois d'août, et que le thermomètre marquât vingt-six degrés au-dessus de zéro, ce jeune homme avait osé se présenter dans un costume d'hiver : un immense paletot garni de velours l'enveloppait ; il

semblait avoir été jeté sur lui comme pour dérober
une partie de sa misère, qui perçait néanmoins de
toutes parts. Hélas ! ses bottes cirées avec le plus
grand soin tombaient en ruine, et l'infortuné,
pour cacher sa chaussure délabrée, avait recours
au fauteuil de son voisin. Une pâleur livide était
répandue sur ses traits ; ses cheveux mal soignés et
en désordre tombaient en longues mèches sur ses
épaules, et servaient ainsi de cadre à un visage sur
lequel étaient empreintes des souffrances intolé-
rables, souffrances d'une lutte continuelle entre
l'indigence et la vanité.

Antoine fut ému, touché jusqu'au plus profond
de son cœur ; il n'avait jamais considéré un tableau
aussi saisissant. Volontiers, à l'instant même, il
aurait voulu prendre sous sa protection ce mendiant
du grand monde ; volontiers il aurait voulu, au travers les rires bruyants et les éclats vibrants de toutes
les voix jeunes et heureuses, volontiers il aurait
voulu traverser le salon et glisser à l'oreille du
malheureux, qui souriait avec effort, quelques
bonnes et encourageantes paroles, quelque espérance subite ; il aurait voulu lui dire : Frère,
venez à moi, et je vous consolerai. Mais il se
contenta, pour l'instant, de l'observer en silence,
s'étonnant toutefois qu'un personnage d'un tel

extérieur se trouvât au milieu de cette société d'élite.

« Peut-être, se dit Antoine, cet homme est un de ces malheureux poëtes qui n'ont d'autre consolation que la puissance de leur génie; » car Antoine n'ignorait pas que dans notre siècle de *positivisme*, une foule de jeunes littérateurs s'éteignent dans l'oubli et le désespoir, ne devant guère qu'au grabat d'hôpital où ils succombent, une sorte de lugubre célébrité.

« Avant la fin de la soirée, pensa toujours Antoine, j'apprendrai peut-être quel est cet homme singulier. » Et il attendit; mais nul ne semblait s'inquiéter de la présence de ce pauvre convié, qui baissa souvent son regard sous le regard compatissant du jeune industriel. Un peu avant le souper, la conversation, d'abord languissante, s'anima vivement; la littérature fut mise en question : chacun la jugea d'après ses propres impressions, comme cela arrive toujours; des juges marqués d'une remarquable infériorité s'érigèrent en maîtres pour saper les plus brillantes renommées, et la camaraderie se plut à élever jusqu'aux nues de faibles talents. De ces chocs d'opinions contraires surgit une querelle de bon goût; on se lançait des sarcasmes déguisés en fines et spirituelles plaisan-

teries; en un mot, on se dit des injures revêtues
des plus gracieuses formes; car, il faut bien l'avouer,
les hommes à réputation, ceux même qui exercent une grande influence sur leur époque, ne
sont pas toujours exempts d'une jalouse rivalité.
On changea de conversation; après les lettres et les
arts, l'industrie eut son tour. Interpellé par ses
amis, Antoine émit son opinion avec la modestie
et la modération qu'il apportait en toute chose;
chacune de ses paroles était dite avec grâce, avec
distinction; en l'entendant parler, on aurait eu
peine à reconnaître, dans son langage épuré,
l'ouvrier du faubourg; on l'écoutait avec plaisir, on l'interrogeait de nouveau pour l'entendre
parler encore, on écoutait avec une vive curiosité
toutes les successives gradations qui avaient marqué la carrière qu'il avait choisie, et dans laquelle
il s'était soudainement distingué des autres indus-
triels; puis Antoine, entraîné, parla de ses jours
anciens, les plus beaux de sa jeune et noble vie,
puisqu'avec l'innocence et le calme de ses premières années, il vivait heureux sous la protection du meilleur des pères. Il parla, Antoine, de
la tendre affection qu'il avait pour Louise, pour
sa sœur; il n'omit rien, pas même la pauvreté
et la vie travailleuse à laquelle il semblait devoir

être toujours condamné. En termes vifs et empreints d'une touchante sensibilité, il peignit les vertus de Guillaume. « C'est à ce bon père, dit-il en terminant, c'est à son vertueux exemple à ses conseils à la fois sages et éclairés, que je dois tout mon bonheur. Oh ! combien je m'honore et m'enorgueillis d'appartenir par les liens du sang à Guillaume, l'ouvrier ébéniste du faubourg Saint-Antoine. » Et chacun applaudit au noble sentiment que manifestait le jeune fabricant de meubles, à son saint et profond amour filial, et personne ne lui jeta un sourire moqueur : il y avait tant de grandeur à Antoine, tant de noblesse à s'abaisser ainsi !

Un seul, entre tous ces jeunes hommes, un seul demeura muet et impassible : c'était M. de Rostange. Absorbé dans ses pensées, il paraissait étranger à tout ce qui se disait ; mais bientôt il fut rappelé à lui-même par l'un des invités, qui l'engagea à lire des vers.

« Je ne me suis pas trompé, pensa Antoine : c'est un poëte que sans doute recommande son talent ; écoutons. » Et un silence profond se fit ; et M. de Rostange, d'une voix que l'émotion brisait, lut quelques stances qu'on n'osa pas désapprouver hautement.

Mais, hélas! un silence équivoque fut le seul encouragement qu'il reçut ; aussi s'empressa-t-il d'enfouir dans sa poche son *bagage littéraire*, tandis qu'une rougeur fébrile monta sur son front.

On se mit à table. Bientôt la contrainte qui avait régné pendant la lecture du manuscrit du jeune poëte *découronné* s'effaça dans une bruyante gaieté. Oublié de tous, sinon d'Antoine, qui l'observait avec un intérêt toujours croissant, M. de Rostange assouvissait une faim dévorante ; il semblait se venger du mépris qui entachait ses vers, en cherchant de nouvelles et sans doute de plus puissantes inspirations au fond de son verre, qu'il emplissait et vidait avec une égale rapidité.

Elevé au sein de la frugalité et de la tempérance, Antoine fut le seul entre tous qui resta maître de lui-même, et pour la première fois, notre jeune initié aux fêtes du grand monde eut l'occasion de remarquer que ce n'est assurément pas à cette école qu'on peut puiser de solides vertus.

Minuit sonna ; les amis durent se séparer. Antoine se hâta de prendre congé du maître de la maison ; il emportait le regret de n'avoir pu savoir autre chose touchant M. de Rostange, sinon qu'il

avait été amené par l'un des habitants de l'hôtel.
Nul autre ne le connaissait, et Antoine, malgré son
désir de lui devenir utile, eût craint d'être taxé
d'une indiscrète curiosité en questionnant son
introducteur ; il prit donc le chemin qui devait le
conduire chez lui, dans la rue du faubourg Saint-
Antoine.

La nuit était radieuse, les étoiles scintillantes
illuminaient le ciel, et une majestueuse lune
effaçait de sa pure clarté le pompeux éclat du gaz
jaillissant des nombreux réverbères. Le jeune fabricant marchait lentement, comme pour mieux
aspirer la tiède brise qui à cette heure de nuit
rafraîchissait l'atmosphère brûlante de la journée ;
l'âme sérieuse d'Antoine s'abîmait dans des pensées religieuses et douces, et dans de vives actions
de grâces envers le divin Créateur de tant de mer-
veilles.

Pour un cœur plein de croyances saintes, une
belle nuit est un temple mystérieux où l'image de
Dieu se retrace de toutes parts : la solitude, l'absence des hommes, le profond silence qui l'en-
toure l'invitent à la prière et au recueillement.
L'homme ainsi isolé de tous se rapproche de Dieu ;
il entend, pour ainsi dire, parler sa conscience ; il
est détaché des choses de la terre, de tout intérêt

mondain, et par mille liens invisibles, il se sent
appartenir à un autre monde, bien plus étroite-
ment qu'il n'appartient à celui dans lequel il a été
jeté pour un temps.

Antoine était ému sous le coup de ces puissantes
impressions, lorsque soudain, auprès de lui, se fit
entendre un léger bruit; quelqu'un s'approchait
avec vitesse. L'étonnement d'Antoine fut extrême
lorsqu'il put reconnaître, dans l'individu qui suivait
ses pas, M. de Rostange. Il sembla au bienfaisant
Antoine que Dieu le lui envoyait pour qu'il eût
à soulager sa misère; son cœur battit vivement; il
ralentit sa marche, et semblait l'engager à l'aborder
sans crainte et sans hésitation. « Pardonnez-moi,
dit timidement M. de Rostange, si je vous ai suivi
d'aussi près; j'ai dû céder au désir impérieux de
causer un instant avec vous.

— J'admire les effets de la sympathie. Et moi
aussi, monsieur, j'appelais de mes vœux l'occasion
de vous revoir, se hâta de répondre Antoine.

— Merci, merci! » murmura M. de Rostange.
Puis un silence se fit. Le malheureux poëte semblait
en proie à un combat intérieur; et Antoine involontairement avait placé la main dans la poche de
son gilet : cette main saisit sa bourse, espérant
pouvoir la glisser dans celle de M. de Rostange

pour lui donner le temps d'attendre d'autres services qu'il était tout disposé à lui rendre.

« Vous êtes le parent, Monsieur, dit enfin M. de
Rostange d'une voix à peine intelligible, d'un malheureux que le remords accable, et c'est pour savoir
des nouvelles d'une personne qui lui est bien chère
que j'ai osé vous aborder.

— Un malheureux que le remords accable!
s'écria Antoine; ce malheureux, est-ce Joseph, mon
cousin, Monsieur? Ah! de grâce, conduisez-moi
vers lui, venez, venez; quels que soient ses torts,
ils sont effacés, j'ai tout oublié. Il souffre, dites-
vous? eh bien, servez-moi de guide, et je vous
bénirai.

— Je suis donc bien méconnaissable? s'écria-t-il
en couvrant son visage de ses deux mains.

— Qu'entends-je? s'écria Antoine; vous seriez?....

— Ton indigne cousin! » exclama le poëte en
cherchant à fuir.

Antoine le retint fortement par le bras.

« Joseph, Joseph, dit-il d'un accent pénétré,
veux-tu me ravir le bonheur de te rapprocher de
ton père, de nous tous qui t'aimons?... viens, viens.

— Ah! je me fais horreur à moi-même, laisse-
moi fuir... laisse s'accomplir sur moi la suprême

justice de Dieu; il faut que le misérable qui a pu
délaisser son vieux père, le renier, soit maudit; il
faut qu'il expie dans le remords et la honte une
vie honteuse et criminelle; il faut qu'il soit bafoué,
méprisé de tous, montré au doigt; il faut qu'on
lui crache indignement au visage, et que l'honnête
homme, en le voyant, s'éloigne et lui crie : Arrière, arrière, *maudit!* Vois-tu, tout cela est
justice; ce n'est pas assez encore, il faut que ses
remords vengeurs le rendent étranger à tous, qu'il
devienne méconnaissable aux yeux de tous ceux qui
l'ont aimé; il faut que, pris de pitié en voyant
pareille honte, ses parents lui jettent une ignominieuse aumône; car c'est justice, vois-tu, cela : le
parricide Joseph, l'orgueilleux Joseph, le mauvais
parent, l'exécrable fils, méconnaissable aux yeux
d'Antoine, n'allait-il pas recevoir le denier de la
pitié, de la charité d'Antoine? Horreur et honte à
moi! Fuis, Antoine, laisse-moi, je te souillerais!...

— Oh! reviens à toi, Joseph; le désespoir
t'exagère tout. O mon cousin, si tu eus des torts,
ces larmes, ce repentir t'ont purifié. Mon Dieu!
qui est-ce qui n'a pas quelque faute secrète à se
reprocher? Me crois-tu exempt de blâme, moi?
Mais Dieu, le Dieu de miséricorde et d'amour, en-
voie son céleste pardon à celui qui pleure, qui se

repent, qui prie. Oh ! viens, viens, Joseph, que
je te remette dans les bras de ton père, de ton père
qui, j'en suis sûr, consacre ses nuits à pleurer ton
absence, ton abandon. Tu ne sais peut-être pas que
l'amour d'un père tient de la miséricorde de Dieu
même ?

— Je te suivrai.... il faut qu'il me bénisse avant
que je meure ! » dit Joseph abattu sous le poids
d'une intolérable douleur. Et sans force, sans volonté, il se laissa conduire.

Ils étaient tous deux en ce moment devant la
porte de la maison qu'habitait Guillaume. Antoine
souleva légèrement le marteau, le cordon fut tiré,
et comme deux ombres, les deux cousins franchirent
l'escalier. Antoine jugea convenable de ne point
interrompre le sommeil de son père pour lui parler
de Joseph ; car c'était à lui seul, à sa sensibilité,
à son cœur qu'il voulait confier la cause de son
cousin. Il savait bien que Monval avait l'âme remplie pour son fils d'un amer ressentiment, d'une
opiniâtreté sévère, et qu'il serait impossible à tout
autre que Guillaume de faire vibrer la corde de
l'amour paternel ; en conséquence, ce fut dans sa
chambre, à lui, qu'il conduisit le pauvre Joseph.
Pour arriver à cette chambre, les deux jeunes gens
durent traverser plusieurs pièces qui servaient de

magasins et qui étaient parfaitement décorées. Joseph fut frappé de tout ce qu'il voyait ; aussi, à peine entré dans l'appartement d'Antoine, il se laissa tomber sur un vaste fauteuil, sa tête se pencha sur sa poitrine, et dans une sorte d'abattement moral, il garda le silence ; puis, cédant à toutes les pensées qui se pressaient dans son cerveau malade,

« Antoine, s'écria-t-il, tout ce que je vois tient du prodige, et je crois fermement que Dieu s'est servi de ton élévation pour châtier mon ignorance et mon orgueil! Ecoute, et dis-moi comment il se fait que, t'ayant laissé dans un obscur atelier, rabottant à grand'peine un bois inégal, vêtu d'une ignominieuse blouse, je te trouve aujourd'hui entouré d'estime et de considération, attirant sur toi le respect et l'attention publique ; comment il se fait que le fils de l'ouvrier Guillaume soit accueilli avec empressement, avec joie, dans cette société maudite, qui ne garde ses faveurs, ses sourires que pour ses pareils, les heureux, les riches, les savants ; oh! dis-moi, Antoine, le mot de cette énigme. J'avais, moi, vois-tu, renoncé à ce nom de *Monval* ; je l'avais caché, ce nom, comme on cache un vice, une hideuse lèpre ; et, pour en venir là, j'avais entassé faute sur faute, remords

sur remords ; ma conscience s'en épouvantait. J'a-
vais voulu jeter à la face des hommes un nom
sonore; j'avais usurpé un vain titre de noblesse : ce
nom devait m'être un sauf-conduit pour pénétrer
dans ces salons dont les portes se fermaient pour
le fils de l'ouvrier. Horreur et honte ! pour en venir
là, j'avais sacrifié mon père, ce nom inconnu de
Monval ! Oh ! mais tout ceci est inconcevable; c'est
un songe peut-être. Eh bien, voilà que tout à coup
le nom de Monval, le mien, le tien aussi, Antoine,
ce nom excite la bienveillance et le respect. Ne les
ai-je pas tous vus, ô miracle incompréhensible !
s'incliner devant toi, Antoine Monval, fils de *l'ou-*
vrier Guillaume du faubourg Saint-Antoine ? ne
t'ai-je pas entendu parler hautement de tes rudes
travaux d'atelier, dire une à une tes douleurs d'ouvrier, raconter ta vie de pauvre ? ne t'ai-je pas
entendu parler de la sueur qui inondait ton front,
qui mouillait le pain grossier qui te servait d'aliment ? Eh bien, à les entendre, cette sueur formait
sur ton front une glorieuse couronne, et loin de te
repousser comme un forçat de la société, loin de
détourner la tête avec mépris ou pitié, ils te sou-
riaient tous comme si tu étais des leurs, ils te
pressaient la main comme on serre la main d'un
frère; ils s'écriaient en chœur : « Que c'est noble !

que c'est digne ! que c'est grand à lui ! » Et c'était
à qui se trouverait honoré du titre de ton ami.
Antoine, par quel prestige étrange, par quelle fas-
cination as-tu ainsi attiré sur toi l'estime et l'amitié
des grands de la terre ? Dis, oh ! dis, est-ce ton or
qu'on encense ? est-ce toi seulement ?... »

Et Antoine, en écoutant son cousin avec le plus
grand calme, laissa percer un sourire de la plus
indicible douceur.

« En effet, mon cher Joseph, répliqua-t-il, tout
ce qui m'est arrivé est de nature à exciter ton
étonnement. Je ne peux pas analyser toutes les
causes qui m'ont peut-être aidé à franchir tous
les obstacles que l'on rencontre dans la vie pour
arriver à un état si prospère ; il faudrait pour cela
parler de moi : mais la première, Joseph, a été
pour nous tous la protection évidente de Dieu.
Veux-tu maintenant que je te fasse part de quelques réflexions qui m'ont souvent été suggérées
par l'observation constante que j'ai faite des choses
et des hommes ? Mais si tu pouvais supposer,
Joseph, que je te prends pour exemple, je me
tairais...

— Oh ! parle, dis ta pensée tout entière...

— Tu le veux. Eh bien, continua Antoine,
chacun ici-bas juge la société et les hommes selon

les impressions qu'il en reçoit. Par exemple, l'ambitieux qui veut grandir à tout prix, et qui rencontre des obstacles auxquels il était loin de s'attendre, s'en va par le monde, en déversant, sur les hommes qui ne lui ont pas fait place, toute l'acrimonie qui est dans son cœur. On l'a repoussé, c'est assez pour qu'il taxe la société en masse d'injustice ; car l'ambition toujours marche de compagnie avec l'orgueil, et c'est ce dernier sentiment blessé qui dicte l'opinion de l'ambitieux. Il y a encore une foule de jeunes gens qui, sans avoir déjà marqué leur vie par quelque acte honorable, profitable à tous, quelque grand labeur qui les recommande dans la société, commencent à se poser en triomphateurs et s'étonnent aussitôt de l'indifférence des hommes pour eux ; ils se prennent d'un lâche découragement ; dans leur aveuglement insensé, ils attribuent à la société, bien innocente de leur peu de mérite, toutes les souffrances qui les dévorent en s'isolant dans leur vanité détestable. Peu de personnes veulent se pénétrer de cette vérité, que la vie est un champ où chacun ne doit récolter que ce qu'il aura semé ! Les hommes ne sont pas aussi mauvais qu'ils le paraissent lorsqu'on les juge superficiellement ; la société n'est pas aussi ingrate qu'on veut le dire ; c'est une mère sévère, il est vrai, mais qui néanmoins sait rendre justice à celui de ses enfants qui a travaillé pour elle. Le mérite combattu par l'intrigue peut avoir de la peine à se faire reconnaître, mais avec une noble persévérance il finit par triompher. Oui, la vertu sait tout surmonter, sois-en bien convaincu, parce que Dieu veille constamment sur elle, et que, par conséquent, c'est d'en haut, du ciel, qu'elle prend sa force et sa puissance. »

Joseph baissa la tête sous le regard d'Antoine ; et celui-ci, craignant d'avoir blessé quelques susceptibilités du cœur de son malheureux parent, s'arrêta aussitôt. Un silence se fit... ce fut Joseph qui le rompit.

« Oui, je le sens par toi, Antoine, s'écria-t-il d'un accent pénétré, la vertu que j'ai foulée aux pieds n'est point une chimère, un vain mot, car c'est elle, je le vois bien, qui t'a fait ce que tu es. Antoine, combien tu dois me trouver faible et misérable ! combien je fus criminel envers vous tous ! Oh ! n'y a-t-il pas encore de la lâcheté à moi en revenant vers vous ? »

Et des sanglots longtemps comprimés s'échappèrent de la poitrine de Joseph.

Antoine le serra dans ses bras pour lui mieux prouver que tout était oublié, effacé. Le reste de la nuit s'écoula dans cette causerie, et l'aurore trouva les deux cousins éveillés. Peu d'instants après, Antoine laissa Joseph à ses propres réflexions, il courut dans la chambre de son père.

En écoutant son fils, Guillaume éprouvait un mélange de contentement et de peine ; sa belle et noble physionomie reflétait tous les sentiments que cet événement imprévu faisait naître en son cœur.

« Enfin, dit-il, enfin l'enfant prodigue est de retour ! Mais je crains que mon frère ne l'accueille pas avec la tendresse qu'eut le bon père des saintes Écritures en voyant son fils repentant ; nous allons voir ça. »

Et aussitôt il se dirigea vers l'appartement qu'occupait Monval.

En effet, d'après la parfaite connaissance qu'avait Guillaume du caractère de son frère, il pensait qu'il lui faudrait peut-être recourir, pour l'amener à prononcer le pardon du coupable, à l'autorité que lui donnaient et la raison et les services qu'il lui avait rendus, chose qui devenait extrêmement pénible à son âme aussi généreuse que sensible.

Tandis qu'Antoine, suivi de Louise, retournait près du malheureux Joseph, Guillaume entra inopinément dans la chambre de Monval. « Frère, lui dit-il sans plus de préambule, ton cœur va goûter aujourd'hui la plus pure des félicités ; tu vas connaître la douceur infinie d'une bonne et généreuse action, car l'homme ne connaît véritablement de paix et de bonheur qu'alors qu'il peut se dire : J'ai été offensé, et j'ai eu un peu de la clémence de Dieu, j'ai fait grâce, j'ai pardonné ! Est-ce d'ailleurs une vie désirable que celle qui s'écoule pour nous au sein de l'amertume et du regret, quand on sent dans son cœur une corde qui vibre douloureusement, et que chaque heure, chaque minute s'écoule pour nous, ramenant triste et amère la même pensée, la même torture ? Oh ! non, frère ! pardonne, pardonne ! et tu connaîtras d'ineffables joies jusqu'ici ignorées, inconnues à ton âme, des félicités pures qui rendront à ta vieillesse la joie de tes jeunes et heureuses années. O frère ! laisse pénétrer dans ton cœur un miséricordieux amour, une charitable pitié pour ton malheureux fils, et tu auras compris et rempli la loi de l'Evangile, et Dieu te bénira !... »

Mais Monval, jusque-là surpris et attentif, se dressa de toute sa hauteur. Son front, qu'une sombre tristesse obscurcissait souvent, se rembrunit soudain comme le ciel dans une menaçante tem-

pête, et la foudre d'une colère longtemps contenue
éclata :

« Qu'est-ce à dire ? s'écria-t-il tandis que tous
ses membres palpitaient par un mouvement convulsif, qu'est-ce à dire ? on m'ordonnerait de pardonner à celui qui fut mon bourreau ! Ah ! ce serait
là un bel exemple à donner à tous les enfants cri-
minels. Quoi ! on m'ordonne de faire grâce à celui
qui a répondu par d'outrageants mépris à l'amour
le plus ardent ! à celui qui a payé mes sacrifices
d'une ignominieuse ingratitude ! Oh ! qu'il n'approche pas de moi, car je me souillerais d'un
crime ! je l'écraserais comme on écrase un misérable ver de terre. Ah ! on veut que je pardonne ;
mais alors, qu'on m'ôte donc le souvenir de tout
ce que j'ai souffert, des larmes brûlantes dont
j'ai mouillé le chevet de mon lit pendant douze
années ; qu'on efface donc de ma vie les nuits
sans sommeil, où j'ai maudit, où j'ai blasphémé
et pleuré ; qu'on répare toutes les rides profondes qu'ont creusées sur mon visage mes dé-
chirantes pensées. Ah ! c'est vrai, continua Monval en riant de ce rire qui fait mal à entendre
parce qu'il est provoqué par une angoisse douloureuse, c'est vrai, l'homme heureux doit être
indulgent pour des fautes et des douleurs qui lui

sont étrangères; il lui en coûte si peu pour dire
au patient, au martyr : Pardonnez, pardonnez.
Oh! Guillaume, est-ce à toi, qui n'as connu
que les joies et l'orgueil de la paternité, de
prononcer dans ma triste cause? Hélas! combien de fois — car l'amour paternel a aussi sa
jalousie, — combien de fois, sans que tu t'en sois
aperçu, j'ai fui loin de toi pour me dérober au
spectacle de ton bonheur!.... Chaque baiser si
justement mérité, que tu déposais sur le front
d'Antoine et de Louise, retentissait au fond de
mon cœur pour le briser; car je me disais :
Moi, moi pauvre vieillard, malheureux père que
je suis, je n'ai plus d'enfant, je suis déshérité
de toute félicité paternelle, j'ai maudit mon
fils !.... »

Et Monval couvrit son visage de ses deux
mains, et resta plongé dans l'abattement qui suit
une douleur poussée jusqu'à l'exaltation, jusqu'au
délire.

« Pauvre frère !... » murmura Guillaume. Et
Monval, à ces paroles d'une sympathique pitié,
versa un torrent de larmes qui soulagèrent son
cœur; et Guillaume prit une de ses mains et
la tint longtemps serrée dans la sienne. « Frère,
dit-il, écoute :

» Je suis loin de vouloir excuser l'indigne conduite de Joseph, oh! non; aucun de tes chagrins ne m'a été étranger, chacun de tes soupirs trouvait un écho dans mon âme, chacune de tes larmes appelait une larme sur mes paupières, à moi; et si je n'ai jamais prononcé son nom, c'est que je craignais de ramener ton souvenir sur des douleurs que nous essayions, mes enfants et moi, de rendre plus tolérables, moins amères. Avons-nous réussi ? parle; me dois-tu quelque amour, quelque condescendance ?

— Oh ! frère, toute ma vie pour toi, pour expier mes torts à ton égard! s'écria Monval d'une voix profondément émue.

— Bien, frère; alors ce que tu ne feras pas pour lui, tu le feras pour moi, pour moi qui t'aime, mon aîné, comme j'aurais aimé mon père, dont tu fus toujours pour mon cœur le représentant sur la terre !

» Je disais donc, reprit Guillaume après un instant de silence pendant lequel ses pleurs s'ouvrirent un libre passage, je disais donc que j'ai condamné le coupable aussi rigoureusement que tu l'as fait toi-même; que ce mépris qu'il a fait de toi, cette ingratitude dont il paya ton abnégation, devaient, en retirant de lui la protection de Dieu, lui enlever aussi toute estime des hommes, et qu'il fallait à ce grand coupable les sévères et imposantes leçons de l'expérience et du malheur; et je me disais : Va, va, insensé que tu es ! poursuis ton chemin, écarte-toi du bonheur véritable ; le remords t'atteindra, tu retourneras en arrière, tu nous reviendras humble, humilié, repentant. Eh bien, frère, ce que j'avais prévu est arrivé : l'orgueil s'est effacé dans de décevants espoirs ; sa force, qu'il avait empruntée dans des sentiments mauvais et dans l'impiété, s'est brisée contre les écueils de la vie du monde qui l'a repoussé sans pitié; et ce fut justice, vois-tu, et il nous est revenu, et il implore sa grâce. Notre commisération, notre pitié, il l'implore avec la même ardeur que le condamné demande à vivre à l'instant où le fatal échafaud se dresse sous ses yeux pour l'exécution. O frère, ouvre ton cœur, qui sent le besoin de la clémence pour le fils de tes entrailles, et qui te crie : Père, pardonne ! notre sublime religion t'en fait un devoir.

— Jamais ! murmura sourdement Monval.

— Jamais, dis-tu ? Eh bien, frère, si je te disais qu'il y a des amours paternels funestes pour les enfants et que tu as travaillé toi-même au malheur de Joseph ! Je voulais t'épargner ce re-

proche, frère ; mais voilà que ton opiniâtreté me
l'arrache. Oui, tu as le tort d'avoir soufflé dans
son cœur le venin de la vanité, et je croyais que
douze années de réflexions sur un pareil sujet, sur
le résultat de la mauvaise éducation donnée à
Joseph, avaient déchiré le bandeau que, malgré
moi, tu laissais sur tes yeux. Frère, frère, tu le
repousses ! eh bien, je serai son protecteur, son
appui, son défenseur, moi. Il ne sera pas dit
qu'une pauvre âme égarée, mais non corrompue
encore, descendra par ma faute, par une rigueur
stérile, la pente qui mène à la perdition, au désespoir, à la honte. Joseph orgueilleux et inso-
lent aurait été repoussé par Guillaume ; mais
Joseph contrit et repentant sera consolé, pardonné
par Guillaume !.... »

Et la porte fut violemment poussée, et soudain
s'offre, aux yeux des deux vieillards, Joseph
qui se précipite aux genoux de Guillaume, tandis
qu'Antoine et Louise tombent aux pieds de
Monval !

« J'ai tout entendu, s'écria Joseph en sanglo-
tant. Merci à vous, homme généreux entre tous,
merci à vous qui sentez au cœur une noble pitié
pour le fils réprouvé ! Ah ! j'avais méconnu votre
mérite, ne m'attachant, comme un insensé que

8

j'étais, qu'à l'enveloppe, qu'à un misérable extérieur ; j'avais rougi de vous appartenir ; je m'ima-
ginais que sous la blouse de l'ouvrier battait un
cœur sans noblesse, sans dignité. Ah ! que vous
vous vengez bien de mes mépris, mon oncle ! vous
m'avez donné un éclatant démenti ; il y a dans
votre vengeance si généreuse de sévères leçons, de
salutaires expiations, de fructueux repentirs. Ah !
Dieu a voulu que ce fût vous précisément qui appe-
lassiez le pardon sur ma tête de réprouvé, de
maudit ; merci, mon oncle, mon vénérable oncle ! »
Et se retournant du côté de Monval, Joseph continua : « Et vous, mon père, ne cessez pas de me
maudire, car cela est juste, bien juste ; voyez-vous,
je vous ai trop offensé. Appelez sur moi toutes les
malédictions du Ciel ; elles m'ont déjà frappé,
cela est vrai, mais pas assez encore ; je dois tomber flétri sous la douleur, comme l'herbe inutile des
champs sous la faux du moissonneur. Oh ! tout
cela est bien, la justice de Dieu suit son cours.
Mon père est là ; eh bien, pour un de ses baisers
sur mon front, pour sa sainte bénédiction, j'aurais
donné ma vie !... Mon père est là, et je n'ose m'approcher de lui ; mon regard contrit, humilié, s'a-
baisse devant son regard plein d'un juste courroux ;
et, terrassé par les fautes que j'ai accumulées sur

ma tête, je suis là prosterné, je me déchire la poitrine, je pleure, je prie, et n'ose aller jusqu'à vous !....

— Ah ! c'en est trop, s'écria Monval éperdu en courant à son fils : c'est moi qui t'ouvre les bras, mon fils : viens t'y jeter ; je t'aime, je te pardonne, je te bénis ! »

Et, pendant quelques minutes, le silence solennel de cette chambre ne fut troublé que par le bruit de baisers et de sanglots !....

« A la bonne heure ! s'écria tout à coup le bon Guillaume laissant éclater sa joie au milieu de son émotion, à la bonne heure ! tout est admirablement ordonné par la Providence.

— Mon oncle, dit Joseph, vous avez sans doute de nombreux ateliers : n'allez pas refuser de l'ouvrage à l'apprenti qui demande une humble place près de l'un de vos établis. Je veux réparer les torts de ma jeunesse ; je veux être apprenti, puis ouvrier sous la direction de mon digne cousin Antoine ; il est un peu tard peut-être : mais la volonté, c'est la puissance.

— Mon neveu, repartit Guillaume d'un ton grave, tu ne pouvais mieux me prouver ton progrès dans la sagesse et l'humilité qu'en parlant de la sorte ; mais sache bien, mon ami, qu'il ne faut

point exagérer la vertu : rougir de son état est
autant une folie que vouloir embrasser témérairement une profession qui ne nous convient
pas. C'est l'homme souvent qui déshonore le métier, et jamais le métier qui déshonore l'homme.
Pénètre-toi bien, Joseph, de cette vérité, que
l'orgueil et l'ambition sont deux flambeaux trom-
peurs qui égarent les hommes dans d'affreux pré-
cipices. Dieu sourit à l'humble de cœur, et il
repousse l'orgueilleux. N'oublie jamais que le vrai
savoir nous dévoile toute notre faiblesse et nous
fait préférer la bonté à l'érudition : l'un tend à
nous faire aimer, seule chose qui nous rend heureux; l'érudition mal comprise et mal appliquée
nous fait souvent paraître insupportable et empoi-
sonne notre existence. »

Puis, après un court silence, Guillaume continua :

« Il nous manquait un caissier : tu vas 'devenir
celui de notre maison. Te voilà assuré contre
l'indigence; mais en t'élevant toujours par ton
mérite personnel, n'oublie jamais, Joseph, que
tous les biens et les honneurs de ce monde ne
peuvent être mis en comparaison avec la douceur
infinie qu'il y a à pouvoir se dire : J'ai fait mon
devoir ! »

Que dirons-nous encore touchant cette famille
Monval? Il nous reste à apprendre à nos lecteurs
que tous vécurent longtemps en pratiquant la vertu;
que Joseph devint l'émule zélé d'Antoine, et que
Monval, parvenu à la plus extrême vieillesse, répé-
tait encore à Guillaume : « Frère, l'homme éclairé
et pénétré des choses de Dieu est assurément ici-
bas sa plus parfaite image!... Frère, tu fus pour
nous tous une seconde providence. »

LE MARCHAND D'HABITS

ou

LES ENSEIGNEMENTS DE LA SAGESSE

———∿∿∿∿∿———

Habits, galons, marchand d'habits! C'est ainsi
que criait, à plein gosier, un tout petit homme
en parcourant chaque jour les rues de Paris.
Cet homme, à petite taille, à l'allure dégagée,
à la physionomie tant soit peu ricaneuse, aux bras
chargés d'habits et de vieux chapeaux qu'il entassait
sur sa tête, ainsi affublé, cet homme avait un air
passablement grotesque, qui attirait bien souvent
l'attention et le rire moqueur de tous ceux que
sans se gêner il coudoyait dans la rue; car le
pavé est assez semblable à une république, où
l'on ne veut ni grand, ni petit, ni faible, ni fort,

ni riche, ni pauvre; tout ce qui passe, marche
et se meut, pense jouir et jouit en effet du privilége de l'égalité.

Or donc, notre singulier marchand d'habits allait
çà et là, à droite et à gauche, se retournant en
tous sens, levait la tête jusqu'au sixième étage
des maisons si son commerce l'exigeait, et il
s'inquiétait fort peu que l'on se moquât de lui.
Souvent des petits garçons, par passe-temps,
avaient réussi à démolir sa gigantesque coiffure
en poussant des éclats de rire qui attiraient autour
de lui une foule de badauds; mais alors, charmé
de trouver l'occasion de moraliser, chose qu'il
aimait infiniment, et il n'avait pas tort, car, malgré ses leçons données par-ci par là, la sagesse
faisait fort peu de progrès, disait-il : « Enfants !
s'écriait le marchand d'habits, prenez garde à
vous ; car celui qui, jeune encore, se complaît
dans une méchanceté, risque fort d'être un scélérat
lorsqu'il sera homme. » Et, après ces paroles sen-
tencieuses, notre pauvre marchand ramassait ses
chapeaux tombés dans la boue, et il se remettait
en marche, répétant sa maxime favorite : *Qui bien
fera, bien trouvera.* Il s'inquiétait, à vrai dire,
fort peu de tous ces petits désagréments; la grande
affaire pour lui, plus grande même que celle de

sa modeste industrie, était l'observation minu-
tieuse qu'il faisait de ses propres actions en les
comparant à celles des autres. Avouons-le, il résultait de cet examen fait sans aucune partialité vaniteuse, il résultait pour lui une parfaite
tranquillité de cœur, qui équivalait, qui sur-
passait même, à mon avis, ce qu'une foule de
gens appellent follement le bonheur. Pour arriver
à un tel détachement des choses de ce monde,
notre petit marchand devait avoir étrangement
souffert, ou bien s'être pénétré bien profondément
des choses du ciel. Mais personne que nous sa-
chions n'avait reçu ses confidences ; il en était
même avare, car lorsqu'on s'avisait quelquefois de
lui demander quel était son pays et s'il avait une
famille, il répondait assez brusquement : « Est-ce
par intérêt pour moi ou par simple curiosité que
vous désirez apprendre ces choses-là ? » Et il tour-
nait le dos aux questionneurs ; puis, du revers de
sa main, il essuyait une larme...

Oh ! assurément, il y avait dans sa vie quelque
grand mystère que Dieu seul et lui connaissaient.

Il était réellement étrange, ce petit marchand-là ;
mais au fond c'était le meilleur garçon du monde.
Pour faire une plus intime connaissance avec ses
principes et lui, nous allons, pendant toute une

journée, le suivre dans les rues et les maisons de
Paris.

Cinq heures sonnaient à l'horloge de Saint-Séve-
rin, paroisse du quartier populeux qu'habitait le
marchand, lorsqu'il bondit hors de son lit. Il s'ha-
billa à la hâte, et en quelques minutes il fut
dans la rue, criant de toute la force de ses pou-
mons : *Habits, galons, marchand d'habits !* A cinq
heures, à Paris, beaucoup de gens sont ensevelis
dans un profond sommeil ; il n'y a guère que les
commerçants, les malheureux, les malades et les
ouvriers qui reçoivent les premiers rayons du jour.
Quant à ceux qu'on appelle les heureux, les flâneurs
de toute sorte qui peuplent la capitale, la nuit
commence pour eux à cinq heures : pour ceux-là
la nuit c'est le jour ; la nuit, ils l'ont passée dans
de fatigants plaisirs, s'ils ne sont quelquefois honteux, dans des joies qui ne laissent d'autre trace...
que des rides sur leurs visages, et le plus souvent
dans leurs cœurs... des remords déchirants.

Donc la moitié des habitants de Paris dor-
mait lorsque le marchand d'habits commençait
ses courses ; aussi mit-il de l'intervalle dans ses
cris. Il ralentit sa marche pendant un quart
d'heure, quand, pressé par la faim, il entra dans
un modeste café, sous les piliers du marché des

Innocents où il se trouvait alors ; il pria poliment l'hôtesse de lui servir une tasse de café au lait. Celle-ci, au lieu de répondre à la demande qui lui était faite, ne détourna seulement pas la tête, occupée qu'elle était à peigner son petit garçon. « Etes-vous sourde, la mère? dit enfin le marchand d'habits, impatienté de la complète indifférence de l'hôtesse. Est-ce donc ainsi que vous accueillez toutes vos pratiques? Ce n'est pas le moyen d'arriver à joindre les deux bouts, comme on dit. »

A cette juste mercuriale, la femme dressa la tête et murmura, après un examen rapide du petit marchand :

« Belle pratique, ma foi; attendez, si vous voulez.

— Croyez-vous donc que mon argent soit moins blanc et moins pesant que celui du riche? dit notre marchand. Ne pourriez-vous pas être plus polie, la mère? car enfin, si vous êtes postée pour faire du commerce, il n'y a si petite monnaie qui ne soit bonne à prendre, et vous devez bienveillance pour tous. »

L'hôtesse haussa les épaules et ne se dérangea pas; et l'enfant, sur la tête duquel se promenait un peigne revêche, se mit à pousser de grands cris.

« Voilà une singulière occupation dans un café,
dit le marchand d'habits ; en vérité, la mère, elle
n'est pas faite pour achalander votre boutique, sans
compter qu'un pareil tintamarre est une horrible
musique, bien faite pour éloigner de votre maison.
Dites, oui ou non, voulez-vous me servir ?

— Attendez un peu, » dit-elle ; et elle continua
de peigner l'enfant. Ce que voyant, le marchand
d'habits tourna les talons en murmurant :

« Je n'ai pas le temps d'attendre votre bon
plaisir. » Puis, à part lui, il fit cette réflexion :
« Si beaucoup de boutiquiers se plaignent de la
misère, du peu de monde qui consomme chez
eux, à qui donc la faute doit en être imputée si
ce n'est à eux-mêmes ? La plupart n'apportent-ils
pas une négligence coupable dans leurs propres
intérêts ? Chez eux, on trouve une malpropreté
révoltante, un caractère dur et des manières dis-
gracieuses et impolies ; et il est tout naturel que
le consommateur préfère porter son argent à ceux
qui l'accueillent avec affabilité et chez lesquels on
trouve arrangement et propreté. Seigneur, s'écria-
t-il, verrai-je donc toujours les hommes agir
contre eux-mêmes ? C'est une chose bien triste
qu'on n'apprenne pas la science de se gouverner
soi-même, la première de toutes, à mon avis. »

Et il ajouta : « *Qui bien fera, bien trouvera.* »
Puis, cédant à une faim toujours plus exigeante,
il se décida à entrer dans un café, où tout le monde
s'empressa de le servir; c'était, entre le maître et
les garçons, celui qui rivaliserait de zèle et d'empressement.

« A la bonne heure, pensa le marchand, ceux-ci
entendent leurs intérêts; aussi, à peine si j'ai pu
trouver une petite place. » Et lorsqu'il eut achevé
son déjeuner, il paya, et il se retrouva bientôt
dans la rue. Il était alors huit heures, et personne jusque-là n'avait appelé le marchand d'habits; aussi, réconforté par la tasse de café au
lait, il se mit à crier avec une nouvelle ardeur.
Tout à coup son attention fut fixée par une dispute
qui avait lieu au milieu de la rue et devant la
porte d'un marchand de vin : deux hommes, appartenant à la classe ouvrière, s'injuriaient, et peu
s'en fallait qu'ils n'en vinssent aux mains. Une
foule béante, curieuse, s'était amassée autour de
ces deux hommes; mais nul ne s'élançait pour les
séparer, fâché qu'il aurait été que son intervention
charitable vînt mettre fin à ce spectacle gratis qui
les réjouissait.

« Voyons, pensa le marchand d'habits, ce qui
les met si fort en courroux, pour qu'ils osent ainsi

se jeter publiquement à la face d'aussi odieuses épithètes. » Et il prêta l'oreille.

« Donne-moi mon argent ; je l'ai gagné, disait l'un, et il me faut vingt sous. » Et l'autre répondait ; « Tu es un filou, tu n'as pas joué franc jeu, et tu ne les auras pas. » Et leurs bras s'entrelacèrent, et le sang allait jaillir, si le marchand d'habits et deux hommes que son exemple avait stimulés ne les eussent séparés.

« Quoi ! s'écria notre marchand en s'adressant aux deux joûteurs, c'est pour la misérable somme de vingt sous, gagnée au jeu, que vous faites tant de bruit, que vous obstruez la voie publique et appelez l'attention de plus de deux cents personnes. Et vous ne rougissez pas de vous-même !.... Il faut que l'intérêt parle bien haut à votre cœur. Que feriez-vous donc, continua-t-il en s'adressant au réclamant, s'il vous devait cent francs ? Vous le tueriez assurément, et ce ne serait pas le moyen d'avoir votre argent. Si, au lieu d'aller jouer au cabaret, vous étiez à votre atelier, vous auriez gagné davantage, et vous ne vous seriez pas avilis tous deux.

— Tiens, voilà tes vingt sous, » dit celui qui devait. Et tout honteux, il disparut accompagné des huées de la populace.

« Infortunés ! dit le marchand d'habits en pour-

suivant sa route et ses réflexions, ils allaient s'é-
gorger pour vingt sous si on ne les eût séparés.
Le jeu, qui ne devrait être pour l'ouvrier qu'un
délassement des dimanches, le jeu est devenu
pour lui un odieux calcul, sans compter que celui
qui s'y livre perd-là un temps précieux qu'il doit
peut-être à une famille qu'il est chargé de nourrir
et d'élever. Ne rencontrerai-je sur mon chemin que
de misérables insensés? »

Il en était là de ses réflexions, lorsque la
tête blonde d'une jeune fille parut à une croisée.
De sa main blanche et délicate, elle fit signe au
marchand d'habits de venir vers elle, et d'une voix
doucette elle lui dit :

« Montez au quatrième, la porte à droite.

— Allons vers ce petit ange, » se dit le marchand,
et il monta lestement quatre étages.

La jeune fille était à la porte de l'appartement
qu'elle occupait, dans une attente pénible et pleine
d'anxiété.

« Marchez, je vous prie, le plus doucement possible, dit-elle sitôt qu'elle aperçut le marchand.

— Il y a donc des malades ici?

— Oh! oui, dit la jeune fille, et bien dan-
gereusement encore. » Et des larmes jaillirent de
ses yeux, et elle entraîna le marchand dans un

petit cabinet contigu à la chambre où reposait en
cet instant sans doute un malade chéri.

Dans ce cabinet, il y avait un lit en fer, une
commode et quelques chaises ; mais bien que tous
ces meubles n'eussent aucune valeur, néanmoins,
aux yeux perspicaces du marchand d'habits, ils
trahissaient, d'accord avec le doux langage et les
manières de leur jeune propriétaire, les débris de
l'aisance et la condition élevée de celle qui voulait
faire un marché avec lui.

« Mon Dieu, dit en hésitant et en baissant la
voix l'enfant au vieillard, achetez-vous aussi des
objets de toilette, des objets de femme enfin ? je ne
vois sur vos bras que des habits d'hommes et des
chapeaux.

— J'achète tout, mademoiselle.

— Ah ! tant mieux ! » murmura-t-elle. Et son
visage s'éclaira d'une fugitive joie ; et d'une main
qui tremblait d'émotion, elle ouvrit deux tiroirs
de la commode, et elle en sortit aussitôt un châle,
une robe, quelques colifichets élégants ; puis un
petit écrin rouge qui renfermait un collier de
perles, moins pures et moins blanches que son
jeune front, qui se couvrait aussitôt d'une pieuse
pâleur ; puis, comme si elle eût dû, la pauvre
enfant, se séparer forcément d'une sainte relique

qu'elle baisait tous les soirs à la fin de sa prière, dont la vue évoquait toutes ses joies rêvées du passé, ses espérances pour l'avenir, toutes ses plus suaves consolations du présent ; comme si elle eût dû, la pauvre enfant, se séparer d'un merveilleux talisman, elle poussa un soupir, le regarda attentivement, le mouilla d'une grosse larme qu'elle effaça soudain du bout de ses lèvres en déposant sur le collier de perles un pieux baiser d'adieu.

« Pauvre enfant, se dit le marchand tout ému, pauvre enfant, il lui en coûte de se voir enlever ses parures ! »

Puis, quand elle eut posé l'écrin ouvert, qu'elle ne laissait pas de regarder, auprès du châle, de la robe et des autres objets, d'une voix douce comme celle de la prière,

« Combien vaut tout cela, monsieur ? dit-elle.

— Hélas ! fort peu de chose, répliqua le marchand ; tous ces objets futiles, qui ont tant de prix à vos yeux, mon enfant, n'ont aucune valeur aux miens, et je ne pourrai véritablement faire aucun marché avec vous.

— O mon Dieu ! il faudra donc qu'il meure faute de secours ! dit-elle en tordant ses petites mains de désespoir.

— Qui donc va mourir, mon enfant? proféra le marchand d'habits d'une voix caressante ; qui donc est assez heureux pour vous inspirer ce religieux amour ?

— C'est mon père, mon père bien-aimé ! » s'écria la jeune fille, ne retenant plus un torrent de pleurs.

« Votre père ! quoi ! ainsi dénué de tout secours ! isolé dans cette ville immense ! point d'amis !

— Point de secours, point d'amis, seul avec sa fille ! répéta l'enfant désolée.

— Vous êtes donc étrangers ?

— Oui, oui ; oh ! c'est une bien triste histoire que la nôtre, allez. Mais vous paraissez si touché de mon malheur, que je puis bien vous la conter en abrégé : vous serez le premier à qui j'aurai ouvert mon âme ; je crois que cela me soulagera, j'étouffe ; et puis aussi, peut-être que quand vous saurez tout, vous pourrez vous décider à acheter tous ces objets, dont le prix pourrait sauver mon père.

— J'écoute, » dit le marchand ; et jetant sur une chaise tous les habits et les chapeaux qui l'embarrassaient, « J'écoute, répéta-t-il.

— Eh bien, reprit la jeune fille à voix basse comme si elle eût parlé dans une église, mon père et ma mère habitaient la Provence ; oh ! c'est une belle contrée que celle-là ! le soleil la visite tous les jours, et la nature parée de ses attraits ; la nature reconnaissante, semble sourire au ciel. C'est là, à Marseille, où se sont écoulés pour moi les beaux jours de l'enfance ; c'est là que, sous les baisers d'une tendre mère, mon jeune cœur s'ouvrait pour recevoir ses pieuses leçons. Oui, c'est de là que me viennent mes plus gracieux souvenirs ; c'est aussi là, mon Dieu, que sont renfermées, dans le tombeau de ma mère, toutes mes joies et mes espérances de jeune fille.

» Mon père et ma mère vivaient heureux, non par leurs richesses ; celles qu'ils possédaient, bien que médiocres, suffisaient à leur peu d'ambition ; ils étaient heureux, parce qu'ils s'aimaient et qu'ils pratiquaient la vertu et la bienfaisance, et que, croissant sous leurs ailes protectrices, je promettais de les imiter un jour. J'avais atteint ma douzième année — oh ! laissez-moi, je vous prie, me retracer cette époque : voyez-vous, c'est la plus belle de ma vie ! — j'avais atteint ma douzième année, j'allais me présenter dans le temple du Seigneur, j'allais faire ma première communion ; ah ! c'est un beau jour que celui-là ! il fut le plus beau, le plus saint, le plus radieux de ma vie. Ma mère attacha

à mon col le collier de perles... » Et la jeune fille
passa sa main sur l'écrin, comme pour le retenir
encore. « Hélas ! dit-elle d'une voix pleine de sanglots, c'est tout ce qui me reste d'elle, de ma
mère ! » Puis, après un court silence que le marchand respecta, elle reprit : « Tiens, Marguerite,
me dit ma mère, voici un souvenir pieux : écoute,
mon enfant : si ton cœur cessait d'aimer la vertu,
regarde ce collier ; il te rappellera ta mère et ton
union avec le Seigneur, et cette vue te raffermira
dans le bien.

» Vous devez juger si ce collier m'est précieux,
et les efforts que j'ai dû faire pour m'en séparer.

— Je comprends tout cela, dit le marchand ;
poursuivez, poursuivez, noble enfant.

— Oh ! je vous ai peint, monsieur, tout ce
qu'il y a eu de joies, d'espérances dans ma jeune
existence ; c'est comme un soleil qui a lui un seul
jour parmi de longs jours orageux ; c'est une étoile
qui a brillé un moment dans une sombre nuit :
tout ce qui me reste à vous apprendre, hélas ! est
indéfiniment marqué du sceau de la douleur.

» Un an s'était écoulé depuis le jour céleste de
ma première communion, lorsqu'un matin, mon
père rentra à la maison, pâle, abattu, défait, sous
le poids d'une immense douleur ; il apprit à ma

mère que le négociant dans le commerce duquel
il avait placé toute sa fortune venait de fuir à la
suite d'une affreuse faillite : « Nous sommes rui-
nés ! » dit-il.

» Ma mère joignit les mains et pria : cette pauvre
martyre accepta sa douleur, elle but dans le calice
sans proférer une seule plainte ; mais ses regards
qui s'attachaient sur moi, ses regards empreints
d'une intraduisible souffrance, semblaient me dire :
C'est pour toi seule, mon enfant bénie, que je
pleure les biens de ce monde.

» Que vous dirai-je encore, monsieur ? Hélas !
ma mère tomba malade, et bientôt après mourut.
Mon père et moi, nous avons payé notre tribut de
larmes sur sa tombe vénérée ; puis, peu de temps
après, tous deux, mon père et moi, nous nous
mîmes en route pour Paris. C'est qu'à Paris on
cache mieux sa misère : hélas ! nous ne nous dou-
tions pas alors qu'on y pût ainsi mourir.

» Pendant six mois, mon père occupa une place
qui nous donnait du pain. Nous n'étions pas heureux, non ; car toutes nos pensées erraient constamment sur la tombe où dort ici-bas ma mère,
toutes nos pensées étaient aussi tristes que cette
tombe ; nous n'étions pas heureux, et cependant
nous bénissions Dieu, puisque nous étions deux

pour souffrir : il restait au père son enfant, il restait
à l'enfant son père.

» Mais voilà — ô monsieur, les décrets de la Providence sont pleins de mystères ! — mais voilà qu'un
jour mon père se sentit défaillir ; il fut obligé de
se mettre au lit. Depuis deux mois il ne l'a pas
quitté, et j'ai vendu de mes effets tout ce que j'ai
pu vendre : je n'ai plus que ceux-là, et il faut que
je m'en défasse ; car, voyez-vous, le docteur a pres-
crit un régime coûteux, et s'il est observé, il ré-
pond de la vie de mon père. Comprenez-vous,
monsieur? il me faut à tout prix sauver mon
père. Vous savez tout, monsieur ; maintenant, vite,
dites-moi si vous voulez participer à cette bonne
action en m'achetant tout cela? »

Et la jeune fille, devenue pâle et immobile
comme la statue de la douleur, attendit la réponse
du marchand qui lui avait inspiré assez de confiance pour arracher tous les secrets de son jeune
cœur.

« Admirable enfant ! dit celui-ci en essuyant
quelques larmes, il ne sera pas dit que votre touchante piété filiale n'excitera pas une pieuse émulation dans mon âme : quoique je sois pauvre moi-
même, je vous aiderai. » Et le marchand déploya
le châle, la robe ; et après un examen appréciatif

qui ne dépassait pas dix francs, « Je prends le tout, dit-il, pour cinquante francs, si vous consentez à me le livrer.

— Oui, oui, ô mon Dieu ! c'est plus que je n'osais espérer, dit candidement la jeune fille ; prenez, prenez. »

Et elle fit un paquet, dans lequel elle glissa l'écrin avec une inconcevable rapidité, et en détournant ses yeux pleins de larmes, comme si elle eût voulu se soustraire à l'affreux déchirement d'un dernier adieu ; comme on s'épargne, entre vieux amis qui se séparent pour toujours, une dernière entrevue, parce qu'on craint de n'avoir pas la force de pouvoir survivre à cette poignante douleur.

Le marchand, auquel rien n'échappait, avait compté cinquante francs sur la commode.

Un léger murmure, comme le bruit d'un soupir, se fit entendre ; il sortait de la chambre du malade.

« Attendez-moi un instant, » dit l'enfant au marchand en volant vers son père. Et le marchand demeura seul dans le cabinet de la jeune fille.

« Va, pieuse et noble enfant, dit-il, va donner des soins à l'auteur de tes jours : ton nom béni de Marguerite est inscrit dans les annales saintes du ciel ; tes soins pieux attachent sur ton front une

resplendissante couronne ; va , va , sois en paix :
Dieu veille sur toi ; il veille sur tous les enfants
vertueux. »

Et ce disant, le marchand enleva du paquet l'é-
crin; il prit une plume et écrivit sur un morceau de
papier :

« Dieu me garde de venir enlever le bijou sacré
d'une pieuse mère ! gardez-le , aimable enfant ;
qu'il soit trois fois consacré dans votre cœur et
dans votre souvenir. Vous le tenez de Dieu , de
votre mère et de votre vertu ; gardez-le précieuse-
ment, il portera bonheur à vous et à celui qui vous
le restitue.

> LE MARCHAND D'HABITS. »

Puis, ayant enveloppé l'écrin dans ce papier,
l'homme bienfaisant le cacha sous le chevet de la
jeune fille.

« Ce soir, dit-il, ce soir, quelles ne seront pas sa
surprise et sa joie en retrouvant ce cher trésor de
son cœur ! »

La jeune fille rentra : « Il est mieux, » dit-elle à
celui qui n'était plus un étranger pour elle, à celui
qui avait si complaisamment écouté l'histoire de
ses douleurs ; « il est mieux , et cet argent, con-

tinua-t-elle en comptant avec une indéfinissable
candeur les cinquante francs, cet argent, je l'espère, hâtera sa guérison. »

Puis, voyant que le marchand s'était de nouveau
chargé de ses habits et du paquet, et qu'il s'apprêtait
à sortir, « Adieu, monsieur, dit-elle en lui tendant
avec une indicible grâce sa petite main ; adieu, je
n'oublierai jamais votre bonté.

— Adieu donc, répliqua le marchand ; priez pour
moi : les prières d'un enfant pieux s'élèvent jusqu'au
trône de Dieu. »

Puis, l'âme satisfaite, il se hâta de sortir.

Il descendait lentement l'escalier de cette maison,
lorsqu'une voix aigre et criarde lui enjoignit d'entrer : la personne qui l'appelait ainsi était une
jeune femme de chambre des locataires qui habitaient le premier étage de cette maison.

Le marchand obéit aussitôt.

Il entra dans un appartement magnifiquement
meublé. Une porte ouverte, en face de celle qui
avait livré passage au marchand d'habits, découvrit à
son regard une enfilade de salons, tous également
meublés avec la plus grande somptuosité ; des la-
quais à riche livrée appendaient des couronnes de
fleurs sur les murs déjà couverts de dorures. Une
fête se prépare ici, pensa le marchand. Il existe

dans beaucoup de maisons de Paris un affligeant contraste, tel que celui-ci : au premier étage, richesses, fêtes et rires ; dans les mansardes de cette même maison, indigence, maladie et larmes ; au premier l'on danse, on meurt de faim dans les mansardes. La servante qui l'avait appelé mit fin aux réflexions auxquelles se livrait si volontiers notre petit marchand.

« Tenez, voyez, monsieur, » dit-elle en étalant sur une table des pantalons et des habits qui semblaient n'avoir été qu'essayés, tant ils avaient conservé leur premier lustre. « Combien vaut tout cela? » ajouta-t-elle.

Et le marchand, qui apportait dans tous ses marchés la plus scrupuleuse conscience, sortit une forte somme de sa poche, et il allait la compter à la servante, lorsque celle-ci fut tout à coup détournée dans son affaire par un valet qui lui dit : « Madame est dans une colère affreuse contre vous, Justine.

— Qu'ai-je donc fait? s'écria celle-ci.

— Ce que vous avez fait? un crime de lèze-majesté, repartit en éclatant de rire le valet. Madame prétend que son épagneul maigrit considérablement, et que vous détournez à votre profit la somme qu'elle vous donne pour lui acheter des biscuits et autres friandises ; il est question de votre renvoi immédiat.

— Folle, dit la servante, vieille folle qui ne songe qu'à ses animaux; je sortirai, mais auparavant j'empoisonnerai cette maudite bête, qui m'a valu tant d'outrageantes admonestations ; oui, je la tuerai, ce sera mon adieu dans cette affreuse maison ; je me serai au moins vengée. »

Tout en observant lentement la folie de la maîtresse de la maison, notre marchand crut devoir donner un conseil à cette servante.

« Quoi ! lui dit-il, vous osez parler avec aussi peu de retenue de votre maîtresse, de celle dont vous mangez le pain, qui vous abrite sous son toit, qui vous initie aux secrets de sa vie intime ! Cela n'est pas bien.

— Et pourquoi ma maîtresse, répondit la servante, est-elle si méchante? C'est elle qui me pousse à la médisance. Croyez-vous que notre condition de valets ne soit pas remplie de dégoûts et de douleurs ?

— Je sais tout cela ; mais croyez-vous qu'il soit permis à quelqu'un de commettre une faute dans le but de révéler la faute d'un autre? On est toujours le premier puni lorsqu'on se livre à pareille erreur.

» Ayez de la compassion pour la folie d'autrui ; opposez le dévouement à l'exigence, le calme et la douceur à la mauvaise humeur et à l'emportement de vos maîtres, et vous finirez par triompher de leur injustice ; car sachez bien que votre maîtresse paie vos services ; vous ne pouvez vous dispenser envers elle des égards que, selon sa position, l'on se doit mutuellement. Que gagnerez-vous d'ailleurs en faisant le mal, en décriant ceux que vous servez ? Rien que le mépris des autres et le mépris que vous ferez de vous-même. Vous serez connue pour avoir de mauvais procédés envers les personnes que vous aurez servies, et vous finirez par ne plus trouver aucune condition.

» Tout ce que je vous dis-là est dans votre intérêt, voyez-vous ; car on n'est pas heureux quand on cesse d'être bon. Allez, interrogez tous les méchants, aucun ne vous vantera le calme de ses nuits, la paix de sa conscience, la tranquillité de son cœur. »

En achevant ces mots, le marchand, ayant terminé l'affaire à la grande satisfaction de la femme de chambre, plaça sa nouvelle charge d'habits sur ses bras et sortit précipitamment de ce riche hôtel.

« Pauvres humains ! poursuivit-il en marchant,

la folie sera-t-elle donc toujours votre conseillère ?
Voilà des gens qui refuseraient peut-être de légers
secours à des malheureux, et qui font leur idole
d'un chien ; voilà des gens qui ont à leur côté une
famille vertueuse qu'ils pourraient arracher aux
horreurs de l'indigence, et ils ne s'en doutent pas ;
ils ne cherchent même pas à connaître la situation
de leurs voisins, et ils passent leur frivole vie dans
des fêtes ruineuses, dépensent et gaspillent leur
argent en futilités, et manquent d'humanité envers leurs semblables, sacrifiant ainsi, au désir
de briller et aux fausses satisfactions d'une vanité
stérile, les plus douces jouissances que peut goûter
le cœur de l'homme. Ils sont, à coup-sûr, dans leur
triste aveuglement, plus flattés qu'on leur dise dans
le monde : « Avez-vous assisté à la fête de monsieur un tel ? elle était brillante, » plutôt que
d'attacher à quelque bonne action leur nom, qui
deviendrait éternellement illustre s'il était incrusté
sur le frontispice d'un établissement de charité....
Pauvres humains ! »

Et notre singulier moraliste marchait vivement
comme quelqu'un dont l'imagination est fortement
préoccupée.

Tout à coup, quelques habits s'échappèrent de
ses bras, et une bourse pleine de louis d'or tomba

lourdement sur le pavé ; c'était de la poche de l'un des vêtements qu'il venait d'acheter qu'elle était sortie.

Le marchand ramassa cette bourse et la glissa dans son gousset. Aussitôt il revint sur ses pas, parcourant le même chemin qu'il avait déjà fait, et en quelques minutes il se trouva sur le seuil de cette maison, où son cœur s'était rempli d'une si douce émotion au quatrième étage, où les plus tristes observations l'avaient occupé au premier. La même servante lui ouvrit la porte.

« D'où tenez-vous, lui dit-il, les vêtements que vous m'avez vendus ?

— C'est mon maître qui me les a donnés ; je ne les ai pas volés, dit-elle avec un certain effroi causé par l'étrangeté de cette question du marchand.

— En ce cas, dit-il, vous allez me conduire auprès de lui.

— Je le veux bien, » dit-elle avec un sourire, forte qu'était cette femme de sa conscience, et tenant alors à convaincre le marchand de son innocence ; car elle supposait que cet homme, qui lui avait fait la morale, s'imaginait qu'elle avait pu soustraire ces habits à son maître. « Venez, dit-elle, suivez-moi. »

Et, en peu d'instants, marchand et servante étaient en face d'un homme moelleusement assis dans un vaste fauteuil ; autour de lui resplendissaient l'or et l'argent, et l'on eût dit, à voir ses lèvres souriantes, sa tête haute et fière, et son immobilité, qu'il s'était pétrifié dans la contemplative admiration de la magnificence et du luxe vraiment fabuleux qui l'entouraient.

« Monsieur, dit timidement la jeune femme de chambre en introduisant le marchand d'habits, voici un homme....

— Que me veut cet homme ? interrompit-il vivement ; et aussitôt un nuage grondeur s'amassa sur son front.

— Pardon, monsieur, dit son interlocutrice, pardon ; si monsieur veut avoir la bonté de m'entendre, je lui expliquerai.... »

Mais avant que le richard eût répondu, le marchand d'habits prit la parole : « J'ai trouvé, dit-il, une bourse pleine de louis dans la poche de l'un des vêtements que m'a vendus cette fille, et comme ces vêtements vous appartenaient, cette bourse est à vous ; or, monsieur, je vous la restitue : la voilà. » Et notre moraliste mit dans les mains du richard le petit filet de soie qui contenait la somme au moins de cent écus en or.

« Ah ! ah ! » exclama l'homme riche. Et il porta un regard brillant de satisfaction sur la bourse retrouvée ; et, sans paraître ni surpris ni touché de cette action du pauvre, il tira nonchalamment une autre bourse de son gilet, en sortit une pièce de quarante sous, qu'il considéra quelques minutes ; puis, allongeant avec grâce le bras dans la direction du marchand :

« Tenez, dit-il, voilà votre récompense. »

Mais celui-ci ne bougea pas plus qu'un terme ; puis, levant fièrement la tête,

« Je n'ai pas besoin d'être récompensé, repartit-il, pour avoir fait mon devoir. »

En ce moment, on entendit proférer ces mots dans la chambre voisine :

« Je veux le voir, il faut que je le voie, je sais qu'il est ici. » Et, malgré l'insistance d'un valet qui voulait l'empêcher de pénétrer dans la chambre de son maître, une jeune fille, rouge comme un rubis, le cœur tout palpitant, s'élança dans l'appartement.

Cette jeune fille, c'était Marguerite, tenant dans ses mains l'écrin qui contenait le collier de perles.

« Ah ! monsieur, s'écria-t-elle en s'adressant au marchand d'habits, croyez-vous que je puisse accepter ce que votre humanité, votre pitié pour moi vous a inspiré? J'ai trouvé, peu de minutes après votre départ, cet écrin où vous l'aviez si délicatement caché. Cet écrin est à vous; vous n'êtes guère plus riche que moi; ainsi, reprenez-le, je sais bien que tout ce que vous avez acheté est sans valeur; ce seul collier de perles avait quelque prix, et ce collier, vous me l'avez généreusement sacrifié. Heureusement, je vous ai vu rentrer dans la maison, et je suis accourue. Reprenez votre bien, reprenez-le, je vous en conjure.... »

Et la gracieuse enfant tendait l'écrin au marchand, qui le repoussa. Mais l'homme riche, attentif à la singulière scène qui se passait sous ses yeux, n'y parut pas indifférent :

« Qu'est-ce donc? Veuillez m'expliquer, mademoiselle, ce qui est encore inintelligible pour moi.

— Mon Dieu! monsieur, reprit Marguerite, joignez-vous à moi pour vaincre sa généreuse obstination. Ce bijou lui appartient, puisqu'il l'a payé; en l'acceptant de lui, je me rendrais coupable. N'est-ce pas que tout cela est juste, monsieur :

— Ce collier est à vous, jeune fille, interrompit le marchand, je ne le reprendrai pas. »

Puis, s'armant d'une noble fermeté, et se tournant vers l'homme riche,

« Monsieur, dit-il, voici le fait : dans les mansardes de votre maison, un homme allait succomber sous le double poids de la misère et de la maladie; cet homme vertueux, ainsi tombé dans l'indigence, est le père de cette noble enfant. Cette enfant n'avait d'autre bien, d'autre consolation, d'autre souvenir pieux de sa mère, qu'un collier; et l'enfant livrait son collier pour quelques pièces d'argent : ce collier devait sauver son père, et j'ai laissé le collier à la pieuse enfant, et je lui ai donné quelques pièces d'argent pour sauver son père.

» Voilà tout, monsieur : cette action-là, cette action du cœur ne mérite ni récompense ni éloge, pas plus que n'en mérite la restitution de votre bourse. » Et le marchand d'habits s'élança hors de cette chambre, laissant pour leçons son exemple!

Il sortit précipitamment de cette maison, et après avoir frappé l'air plusieurs fois de son cri habituel : *Marchond d'habits, habits, galons!* sans que personne l'eût appelé, il chemina lentement, et se prit à philosopher tout bas.

« Ah! si du moins, pensa-t-il (revenant au richard et à la jeune fille), j'avais pu éveiller la

charité dans l'âme de cet homme, si j'avais pu
l'attendrir par la misère de mes semblables, ma
journée ne serait pas perdue. » Il secoua la-tête.
« J'en doute fort, dit-il : la pitié, fille du Ciel,
ne visite guère que les cœurs qui ont souffert.

» Les pauvres véritables, ceux qui sont le
plus dignes de la compassion de leurs semblables,
ne sont assurément pas ceux-là qui tendent sans
honte la main aux passants, ceux-là qui, désignés
pour recevoir des secours des bureaux de bienfaisance, s'endorment en paix, attendant de la
charité leur pain, leur boisson et leur fagot de bois;
non. Dans les murs de Paris, il y a une foule
d'honorables indigences qui échappent à la vue
des gens riches, parce qu'elles n'offrent osten-
siblement aucune enseigne de dénûment; il y
a des pauvres dont la fierté d'âme se révolterait à
l'idée seule de recourir à la bienfaisance publique.
Ah ! si par un noble orgueil ils s'isolent du monde,
s'ils cherchent l'obscurité et le silence, s'ils fuient
l'éclat du jour et le bruit d'une foule enivrée et
joyeuse, pour vivre, souffrir et s'éteindre loin
d'une pitié qui blesserait toutes les indéfinissables
susceptibilités du malheur, ne serait-il pas bien
que les riches prévinssent tant de maux, qu'ils
allassent au-devant de leurs frères malheureux,

qu'ils fussent toujours en quête de ces pauvres,
qu'ils ne s'éloignassent pas, comme beaucoup le
font, de tout ce qui ressemble à de l'infortune!
— Marchand d'habits! » cria-t-on en cet instant.
Et notre industriel releva la tête, laissa là ses réflexions, et se dirigea vers la porte de la maison
d'où on l'avait appelé.

Il monta trois étages, conduit par la voix per-
çante d'un jeune homme qui disait : « C'est ici;
grimpez, mon vieux. » Et il arriva enfin dans une
chambre de garçon, dont le lit défait, quelques
chaises à demi brisées et une malle composaient
tout l'ameublement; le tout n'apparaissait qu'au
travers d'un épais nuage de tabac.

Quatre hommes, qui tenaient encore plus à l'ado-
lescence qu'à l'âge viril, l'accueillirent avec de
bruyants transports de joyeuseté. Et ce fut bientôt
entre eux un débat, presqu'un vacarme, qui étourdit
et affligea le marchand d'habits.

A leur allure, à leurs propos libres et dégagés
de toute contrainte et de toute retenue, notre
marchand jugea que ces jeunes hommes appartenaient au corps d'étudiants qui peuplent le
quartier latin; et il resta là debout en silence,
attendant qu'on expliquât la raison qui l'avait fait
quérir.

« Mon vieux, dit celui qui paraissait à la fois le chef de la bande indomptée et l'habitant de la chambre, mon vieux, ayez patience, nous allons délibérer. » Et s'adressant ensuite à ses compagnons.

« Que dois-je sacrifier? Voyons; il nous faut au moins trente francs pour notre joyeux repas chez Desnoyers ; puis, bal, spectacle, encore autant, au moins. Or il faut que ce vieux-là trouve dans sa poche soixante francs ; puis, nous allons engloutir tout cela.

» Ma belle redingote neuve suffira, je pense. »

Et il tira de la malle, presque vide, un habillement complet qu'il jeta dans les mains du marchand :

« Estimez cela, mon vieux, dit-il en ricanant, et ne soyez pas trop juif.

— Je vais, soyez-en assuré, vous traiter en chrétien, repartit finement notre marchand moraliste.

— A la bonne heure, » dit un des jeunes débauchés.

Et le marchand, après avoir tourné et retourné en tous sens ces vêtements qui n'avaient point été portés, branlait la tête comme s'il ne les eût pas jugés dignes d'être achetés.

« Qu'est-ce à dire? dit l'étudiant impatienté.

— Combien vous a coûté tout cela? dit-il enfin,

— Deux cent cinquante francs, s'écria l'étudiant.

— C'est cher, répondit le marchand.

— Comment, c'est cher?

— Oui, pour l'usage que vous en faites, assurément c'est trop cher... » Puis, après un instant de silence :

« Ah! jeune homme, s'écria le marchand en fixant son regard sur le propriétaire des habits; jeune homme, que vous répondez mal aux nobles intentions et à la tendresse de vos parents. Quoi! pour vous donner le plaisir passager d'un dîner, pour vous livrer à de coupables dissipations, vous sacrifiez aussi légèrement *deux cent cinquante francs !* Avez-vous songé quelquefois combien peuvent être attachées de dures privations, de larmes même à ces habits?.... Avez-vous une mère, jeune homme?

— Parbleu, oui, répliqua l'étudiant.

— Vous avez une mère, et vous ne craignez pas de porter la désolation dans son cœur? Croyez-vous qu'elle approuverait votre conduite si elle pouvait la connaître? Peut-être, hélas! (car une mère est pleine d'amour pour son enfant, son cœur déborde de confiance pour le fruit de ses entrailles), elle a lutté avec votre père pendant

longtemps pour qu'il vous envoyât l'argent nécessaire pour vos besoins; puis, ne pouvant triompher
de la juste persistance de son mari, la pauvre
femme a contracté des dettes à son insu. Elle a
perdu le repos et la tranquillité pour son fils qui
méconnaît son devoir; elle a peut-être, la digne
femme, versé des pleurs; elle a travaillé, peut-
être, dans le louable but de vous complaire, espérant par ses sacrifices vous engager au travail,
à l'étude, et voilà que, pour d'indignes satisfactions
d'un moment, vous allez sacrifier le bonheur d'une
mère; vous allez, en échange de son dévouement
et de sa confiance, lui donner des tourments,
de la douleur. Ah! jeune homme, le temps fuit
rapidement; une heure enlevée au devoir ne se
retrouve plus.

» Que diront vos parents qui se soumettent peut-
être à de dures privations pour subvenir à des
dépenses nécessaires, lorsqu'ils sauront que vous
avez, dans la grande ville, perdu votre temps dans
de folles distractions? Ne seront-ils pas en droit
de vous accabler de leurs reproches? Ah! dites,
jeunes insensés, que vous comprenez mal la vie!
La jeunesse passe aussi rapidement qu'un songe;
l'âge mûr arrive. Craignez d'entasser dans votre
cœur des regrets déchirants. Une jeunesse bien

employée est une garantie de bonheur. Pouvoir
ouvrir sans honte son âme à sa mère, est une
satisfaction qui nous accompagne pendant tout le
cours de notre existence. Malheur, oh! malheur
au fils ingrat et dissipateur! Dieu lui ferme tous
les chemins de la vie. Et ne croyez pas que tout
demeure caché, le cœur d'une mère a d'intimes
révélations. C'est en vain que le front du coupable
fils s'arme de fermeté; c'est en vain qu'il s'en-
vironne d'une fausse apparence de vertu ; une mère
devine son enfant, et plus elle a été longtemps
abusée, plus sa colère est terrible, plus son désespoir est grand; tous les liens qui l'unissaient
à son enfant se dénouent tout à coup, et dans ce
violent effort, si peu naturel, la femme, la mère
se brise... Oui, une mère peut mourir : oh! malheur à l'enfant qui tue sa mère! »

Un silence se fit!

« Voilà un singulier marchand d'habits, dit enfin
l'un des étudiants. Achetez, si vous voulez; faites-
nous grâce, s'il vous plaît, de votre inopportune
morale.

— Ah! quand la morale ennuie, s'écria l'industriel, quand on ferme son cœur à la voix
de la justice et de la raison, on a déjà un pied
dans l'abîme. Oh! songez à vos mères, à vos

pauvres mères, et ne vendez pas vos âmes au vice !

— Ma mère !... s'écria le jeune propriétaire des habits ; son nom, son titre sacré ne sera point invoqué en vain. » Et il prit ses habits, les jeta dans la malle.

« Je garde mes habits, dit-il ; pas de dîner, pas de spectacles achetés si cher ; le travail, l'étude, voilà à quoi je vais consacrer ma vie. Merci, monsieur ; vous venez de me donner une leçon dont je saurai profiter.

— Bien, jeune homme, » dit le marchand. Et il sortit de cette chambre, accompagné des rires moqueurs de ceux qui n'avaient pas goûté ses conseils. Mais peu importait à notre moraliste ; certain qu'il était d'avoir arraché une âme à la folie, son cœur se remplit d'une douce émotion.

« Ah ! pensa-t-il en cheminant de nouveau dans les rues, voilà un jeune homme bon et sensible au fond, et qui se perdait par le funeste exemple de compagnons débauchés.

» Il y a de jeunes provinciaux qui viennent faire leur droit à Paris, qui se laissent corrompre, pour ne pas oser lutter avec les faux principes de cette troupe d'étudiants qui ont passé maîtres dans tous les désordres d'idées et de conduite, pour ne pas oser résister ouvertement au torrent qui finit ensuite par les entraîner. Il y en a même qui craindraient d'acquérir la réputation d'hommes raisonnables, et pour cela souvent ils affichent une dépravation de conduite dont ils sont bien éloignés par leur goût et par leur conduite réelle. Une misérable faiblesse leur fait afficher au dehors des vices qu'ils condamnent et détestent sincèrement. Il en est qui, apportant de l'exactitude à satisfaire leur bottier et leur tailleur, se donnent vis-à-vis de leurs compagnons pour de francs mauvais sujets; ils se disent criblés de dettes, ils mènent une existence désordonnée, ils fument vingt cigares par jour, et se détournent pour cacher le mal de cœur que leur donne le tabac : mais fumer est à la mode, ils fument quand même ; ils ne reculent pas devant dix bols de punch, qu'ils n'aiment pas; en un mot, ils mettent autant de soin à cacher leurs vertus qu'un criminel en devrait mettre à masquer ses vices.

» Oh ! le triste siècle que celui où la vertu n'a plus de cours ! » s'écria notre philosophe, qui fut tout à coup interrompu dans ses réflexions par quelqu'un qui l'appelait.

C'était un jeune homme d'environ dix-huit ans, qui se tenait sur la porte d'un hôtel garni.

« Venez, dit-il au marchand d'habits, suivez-moi. » Et tous deux pénétrèrent dans un petit cabinet qu'habitait le jeune homme.

A ses allures alertes, à son accent provincial, à ses manières empruntées, et surtout à son accoutrement qui se composait d'un pantalon en drap grossier et d'une veste ronde, en tout semblables à la parure de fêtes d'un jeune cultivateur, notre marchand d'habits se sentit pris d'une subite et vive sympathie pour ce nouvel arrivé dans la grande ville, et il se promit de le rendre communicatif, afin de lui donner ensuite des avis salutaires, si toutefois il en avait besoin.

« Voyons, dit le jeune homme au marchand qui l'examinait attentivement, n'auriez-vous pas quelques hardes qui aideraient à faire d'un misérable paysan un jeune homme des villes? Voyons; » et il cherchait celui des habits qui pouvait opérer cette métamorphose si désirée.

« Vous n'aviez donc plus, jeune homme, dit notre étrange industriel, vous n'aviez donc plus dans vos campagnes de terres à labourer, de champs à cultiver, pour vouloir échanger votre noble et honnête profession contre celle toujours un peu avilissante de valet?

— De valet! dit le jeune homme en se redressant ; qui vous fait supposer que je veux être un vil esclave ? » Et une rougeur foncée couvrit son front.

« Je devine tout, moi, répliqua avec un singulier sourire notre moraliste ; avouez qu'un grain d'ambition vous a montré comme abjecte, avilissante, l'honorable condition de nos premiers pères ; que cette folle ambition vous a poussé loin du toit paternel, que l'orgueil vous a fait concevoir de hautes espérances d'avenir, et que c'est pour pouvoir les réaliser que vous êtes venu à Paris.

— Oui ; eh bien?

— Eh bien, vous êtes, pauvre enfant, le jouet d'une malheureuse erreur : là-bas, bien loin, dans vos champs, on est venu vous dire un jour : Paris est une grande et magnifique cité ; à Paris on fait fortune ; Paris est le séjour de la liberté et du bonheur ; tous les rangs de la société y sont confondus ; avec un habit neuf et votre figure, vous serez l'égal des hommes les plus considérés ; avec du bon vouloir, vous arriverez à tout ce qui est désirable. Et, ignorant et crédule enfant, vous avez ajouté foi à tout cela, et vous avez souri, et vous avez jeté loin de vous pioche et râteau, vous avez repoussé du pied votre charrue, et vous

êtes venu à Paris, sans vous préoccuper peut-être
des grandes tristesses que vous laissiez derrière
vous ; vous avez abandonné l'humble toit de chaume
de votre père, vous vous êtes soustrait par une
fuite précipitée aux tendres reproches de votre
mère..... Ai-je deviné, enfant? répondez.

— C'est absolument mon histoire que vous
venez de conter là, répliqua en souriant l'enfant
des campagnes ; mais tout cela ne me dit pas, ne
me prouve pas que j'aie eu tort en agissant de la
sorte.

— Savez-vous ce que c'est que Paris, enfant?

— Mais, répliqua le jeune paysan, je n'y suis
arrivé que depuis hier, et déjà j'en ai pris la
meilleure opinion ; et je sens à mon enthousiasme,
à la joie dont je suis pénétré, que c'est ici où je
dois trouver le bonheur.

— Ah! vous voulez être heureux, et vous
venez à Paris. Ah! craignez plutôt, jeune inex-
périmenté, d'y rencontrer la misère et le désespoir.

» Paris est un séjour où se perdent l'amour du
travail et de l'innocence : sur cent jeunes hommes
arrivés dans la grande ville, un seul peut-être con-
servera sa vertu.

» Ici, voyez-vous, le vice emprunte les formes

les plus gracieuses ; ici toutes les saintes
croyances s'effacent du cœur ; l'ambition, l'amour
de la dissipation, toutes les mauvaises passions
qui désolent l'humanité sont en jeu ; dans cette
effrayante enceinte, elles deviennent autant de
piéges enivrants tendus à la simplicité ; tout ce
qu'il y a de plus hideux se revêt d'une apparence séduisante pour tromper la crédulité d'un
enfant simple et naïf comme vous. Celui qui
est venu à Paris heureux, fort et croyant, s'en
retourne, quelques années après, malheureux,
faible, sceptique, si même il n'a pas cédé aux
amorces trompeuses qui l'ont environné sa part
d'éternité.

» O enfant des campagnes, si vous voulez être
en paix avec vous-même, retournez dans vos
champs ; le bonheur ne se trouve qu'au sein du
travail et de l'innocence, au sein de la médiocrité, dans l'absence de toute ambition. Allez,
enfant, honorez la vertu de votre père, rem-
placez-le dans ses travaux agricoles qui ont fait
voûter son dos, qui ont sillonné son front de
rides honorables ; l'état de cultivateur est un état
respectable, c'est celui qui rapproche le plus de
Dieu. Allez, enfant, pour que votre vieille mère
puisse chaque soir vous bénir. Allez, défendez-

vous d'illusoires ambitions qui vous rendront misérable. Allez chaque matin étudier les progrès d'une hâtive végétation à laquelle vos soins auront contribué : la nature est un livre saint où chaque page parle de Dieu. Et le dimanche, attentif au son de la cloche sainte, allez vous prosterner dans la maison du Seigneur ; puis, ce devoir accompli, suivez dans vos prairies vos jeunes et vertueux compagnons de travaux. Au printemps, cueillez le sainfoin en fleurs, la blanche aubépine ; tressez pour vos sœurs des couronnes de bluets, ornez-en leur front innocent et pur. Oh ! voilà de bien naïfs plaisirs ; pourquoi les avez-vous dédaignés, enfant ? Votre père pleure, vos sœurs vous appellent ; votre père, écrasé sous le poids des ans, de sa main calleuse essuie une larme que lui arrache le fils ambitieux qui l'a délaissé : voulez-vous, pour de chimériques désirs qui se changeront en remords déchirants, sacrifier tous ces cœurs qui vous aiment ? A la campagne, jeune homme, vous n'avez à redouter, pour votre fortune, que le courroux du ciel, qui en un moment peut ravager, détruire vos moissons. A la ville, à Paris, vous avez à lutter contre l'ambition et la malveillance des hommes ; ceux-ci ne comptent pour rien l'innocence des

sentiments ; ils sont sourds à toute prière, ils rient
des larmes que fait verser un noble repentir ; ils
sont égoïstes, les hommes, mon enfant : fuyez-
les, oh ! fuyez-les !

— Qu'ai-je fait ! dit le jeune cultivateur atten-
dri. La raison parle par votre bouche, vieillard,
vous me rappelez à moi-même. Oui, ma mère doit
prier, ma sœur doit pleurer. Qu'ai-je fait, mon
Dieu ! Et mon père, voudra-t-il bénir encore son
trop coupable fils ? Oh ! je garderai ma veste ; fi
des habits à boutons dorés ; je craindrais, en m'en
revêtant, de prendre quelque chose, quelques sentiments honteux de ceux qui les auraient portés.
Oui, la raison triomphe, je vais retourner au vil-
lage, je dis adieu pour toujours à ce Paris que je
n'ai fait qu'entrevoir, et tel que l'oiseau qui échappe
à de perfides filets, secoue ses ailes en s'enfuyant,
je vais joyeux reprendre mon bâton de voyage. »

Et le jeune paysan pressa la main du marchand.

« Adieu, monsieur, dit-il ; ma pauvre et sainte
mère priera Dieu pour celui qui lui rend son
enfant. »

Et le marchand d'habits, ému jusqu'aux larmes,
se retrouva dans la rue.

En cet instant, une averse inondait la capitale,
chacun fuyait çà et là pour se soustraire à l'orage

qui menaçait d'être long. Notre digne homme, qui
aimait à employer utilement son temps, pénétra
dans une église; il se prosterna sur les dalles
froides du lieu saint, et pendant quelques minutes, s'abîmant dans une profonde prière, son
esprit se détacha des choses terrestres, des intérêts
de ce monde, pour s'élever jusqu'au ciel.

A côté de lui se trouvaient deux hommes qui
s'étaient réfugiés dans l'église pour éviter la pluie
qui tombait par torrents. Ces deux hommes, ainsi
en présence du Seigneur, ne craignaient pas de
s'occuper tout haut d'intérêts matériels ; oubliant
le respect qu'ils devaient au lieu saint, ils échan-
geaient entre eux des propos indécents ; ils osaient
flétrir par de malveillantes épithètes les ministres
de Jésus-Christ.

Notre pieux marchand sentit une noble indignation pénétrer dans son cœur.

« Messieurs, dit-il d'une voix grave et solennelle en s'adressant à ces hommes, messieurs,
si vos cœurs sont assez malheureux pour repousser
toute sainte croyance, ne profanez pas, par votre
présence, la maison du Seigneur ; ne faites aucun
scandale, gardez pour vous vos observations. »

Ces hommes se prirent à rire, et s'éloignèrent
du marchand d'habits.

« Seigneur, dit celui-ci en joignant ses mains,
Seigneur, prenez en pitié tous ces faibles cœurs
qui osent nier votre toute-puissance et votre grandeur ; envoyez-leur force et lumière. Seigneur,
ayez pitié de ces malheureux impies. »

Puis, après cette courte mais fervente prière,
notre moraliste sortit de l'église.

Le ciel avait repris sa sérénité ; les rues, dé-
sertes un instant, étaient peuplées et animées
comme elles l'étaient avant l'orage. Notre marchand
chemina lentement en réfléchissant sur ce qui
l'occupait constamment : le bonheur des hommes !

« Hélas ! se disait mentalement le marchand, il
y a bien peu d'hommes qui le cherchent là où
il réside véritablement : dans la paix de la conscience et au sein de la médiocrité. Puisque
tous placent le bonheur dans la possession de
grandes richesses, leur erreur, quand on veut
y réfléchir, inspire une véritable compassion. En
effet, ils veulent être heureux et demandent de
l'or. Eh bien, supposons un homme qui aurait
à sa disposition une mine d'argent, et qui man-
querait de ces facultés qui pourraient le rendre
recommandable dans la société ; s'il est sot, son
or pourra-t-il lui donner de l'esprit ? achètera-
t-il les talents et le génie ? pourra-t-il échanger

son argent contre la bonté, si désirable en ce
qu'elle sert à nous faire aimer et à aimer nous-
mêmes, ce qui est assurément le premier principe
de notre félicité sur la terre ? En un mot, tout
ce qui sert à rendre l'homme grand et sublime,
ce qui sert à le rapprocher du Créateur, on ne
l'achète pas. L'homme riche obtient tout au plus,
par son or, le privilége de dîner deux fois. Car,
avouons-le, les favoris de la fortune ne sont
pas toujours ceux-là qui exercent le plus acti-
vement la charité ; leur argent ne sert qu'à leur
procurer les choses matérielles de la vie, l'argent
ne sert qu'à les entraîner loin de tout ce qui
constitue le bonheur. Or celui qui, pour avoir
de l'argent, consentirait à se souiller des actions
les plus basses, est un misérable insensé, digne
de pitié. Je ne comprends pas réellement cet
amour immodéré de l'homme pour la fortune ;
c'est une étrange folie qui s'est emparée du siècle. »

Il en était là de son raisonnement, quand tout
à coup il s'arrêta pour considérer une affluence
de gens qui se prirent à courir dans les rues
comme de vrais frénétiques ; hommes, femmes,
enfants, vieillards, tous couraient, se coudoyaient,
se heurtaient en poussant des cris d'impatience
et même de joie.

« Qu'est-ce donc ? dit le marchand d'habits à un homme qui passait près de lui.

— Ah! c'est une femme qui est attachée au pilori, et tout ce monde-là se rend au palais de justice, voilà tout, lui fut-il répondu.

— O mon Dieu! s'écria le marchand moraliste, et ce sont des hommes qui vont ainsi assister à l'affligeante humiliation de l'un de leurs semblables. Ah! l'impiété ôte au cœur toute sa sensibilité.

» A voir ainsi courir toutes ces femmes comme si elles allaient assister à un ravissant spectacle, à les voir ainsi prêtes à applaudir, du geste et de la voix, à cette désolante péripétie d'une existence de femme, n'est-on pas saisi d'indignation et de pitié? Quoi! les femmes, qui ont reçu du Ciel la sainte mission de consoler et d'aimer, n'ont donc plus au cœur aucune étincelle de sensibilité? C'est la bonté qui est cependant leur première vertu. Eh bien, les femmes, ce sont elles qui sont en plus grand nombre ; les voilà toutes heureuses, haletantes, devant un tableau aussi déchirant. Est-ce que la pitié se serait enfuie de la terre, puisqu'elle ne réside plus dans le cœur des femmes ?

» O Seigneur, votre troupeau est perdu! pitié,

Seigneur, pour ces hommes égarés; ne leur
retirez pas votre amour. » Après cette invocation,
le marchand continua : « Oui, c'est l'absence
de la religion qui attiédit tous ces cœurs. Si les
hommes étaient unis par les mêmes pensées, le
même amour, s'ils marchaient tous dans la même
voie, les hommes entre eux formeraient une famille de frères; ils se secourraient les uns les
autres, ils s'aimeraient comme les enfants d'un
même père, et l'ordre moral serait observé, et la
grande pensée de Dieu serait le lien de tous les
cœurs. »

Et notre pauvre marchand, tout en moralisant
de la sorte, s'éloignait du lieu du supplice avec
autant d'empressement et de vitesse que tant de
gens en mettaient à s'en approcher.

Appelé dans une maison, il s'y rendit aussitôt ;
il s'arrêta au deuxième étage. Un jeune homme
l'introduisit jusqu'à son père : c'était un homme
qui, étant près d'entreprendre un long voyage,
voulait se défaire de tous les effets qui lui étaient
inutiles.

En envisageant le marchand, cet homme parut
frappé de telle sorte qu'il demeura un instant
immobile et muet ; puis il passa la main sur son
front, soit pour effacer une singulière vision, ou

peut-être pour évoquer un souvenir ancien, longtemps oublié.

De son côté, le marchand baissa la tête, comme
pour se dérober à l'investigation de cet homme.

Après quelques minutes d'un étrange silence,
tous les vieux vêtements furent étalés aux yeux de
l'acheteur, et le marché se conclut à la commune
satisfaction des deux parties.

Cependant le marchand se disposait à sortir,
lorsque tout à coup, cédant au sentiment de la
curiosité, cet homme le retint par le bras :

« [Pardon, monsieur, s'écria-t-il ; n'avez-vous
pas autrefois habité la ville de Lyon ? Je ne crois
pas me tromper en assurant que vous êtes *Georges
Hervé ?*

— Et c'est Georges qui ose presser la main de
M. Durvet.

— Ah ! jette-toi plutôt dans mes bras, Georges,
s'écria le vieillard en attirant à lui le marchand, la
mémoire du cœur est infaillible ; va, mon cœur
ne m'a pas trompé. »

Et les deux amis se tinrent longtemps embrassés.

« Oh ! dis-moi, Georges, comment il se fait
que, t'ayant laissé, enfant encore il est vrai, dans
un état de fortune prospère, je te retrouve aujourd'hui pauvre ; exerçant un vil métier pour

lequel tu n'étais point né ? Oh ! dis-moi , quels sont
les événements qui , semblables à un cruel oura-
gan , t'ont précipité du faîte de la fortune dans cet
état d'abaissement ? Assieds-toi là , raconte-moi
vite.... je t'écoute. »

Et M. Durvet approcha un fauteuil. Le marchand,
que nous appellerons désormais Georges, s'y plaça ;
il se recueillit , il allait prendre la parole, lorsque
le fils de M. Durvet , par une aimable délicatesse ,
crut devoir sortir de la chambre.

« Oh ! demeurez , jeune homme , je vous prie ,
lui dit Georges : la connaissance de ma vie peut
offrir des leçons utiles à votre inexpérience, restez. »

Et le jeune homme prit une chaise et se plaça
entre les deux vieillards.

« Ce que je vais raconter, M. Durvet , dit
Georges , aucune oreille humaine ne l'a jamais
entendu. Personne n'a pleuré de ma tristesse ,
personne n'a ri de ma joie ; je n'ai eu d'autre
confident que Dieu. Ecoutez donc.

» Mon père, né à Lyon , fut appelé , tout petit
enfant , à la Pointe-à-Pître de la Guadeloupe , par
un de ses oncles qui lui légua , en mourant , une
fortune immense. Naturellement bon et sensible ,
mon père était indigné de cette affreuse loi qui
dans ce pays fait esclaves une partie des créatures

humaines ; des larmes d'une généreuse pitié s'é-
chappaient de ses yeux chaque fois qu'il voyait
tomber inhumainement , sous le fouet , des êtres
faits à son image , des hommes libres devant Dieu ,
et qui étaient marqués , en naissant , du sceau fatal
d'un honteux esclavage.

» C'est ainsi que cette sensibilité lui fit braver le
préjugé qui , dans ces pays-là , déshonore le blanc
qui ose s'unir à une femme de couleur. Oui , mon
père ne craignit point de former un mariage avec une
jeune mulâtre distinguée par les qualités les plus
éminentes.

» Je fus le seul fruit de cette heureuse union.
Oh ! je vous en prie, soyez indulgent , soyez patient; si je m'étends trop longuement peut-être
sur les premières années de ma vie, c'est que ,
voyez-vous, bien que le souvenir des jeunes ans
soit doux et sacré pour tous les hommes , il est
pour moi bien plus doux et bien plus sacré encore ,
puisque je reviens en imagination au temps, hélas !
trop rapide et trop fugitif, où, bercé dans les bras
de ma mère , je m'endormais frais et paisible à la
douce harmonie d'une chanson créole, et me ré-
veillais sous la ravissante pression des doux baisers
dont elle couvrait mon front. O ma mère , qu'elle
était bonne !....

» Oh ! comme ils ont fui rapidement pour ne plus revenir, ces jours radieux de mon enfance, où, joyeux et bondissant comme un jeune agneau, je m'élançais à travers nos savanes ! Qué de fois, épuisé de fatigue, le front baigné de sueur, j'allais m'endormir sous la protection d'un cocotier, d'un tamarin fleuri, fuyant l'ombre fatale du mancenillier qui donne la mort ! Que de. fois, mollement bercé sur les lianes flexibles, par de jeunes négrillons, ma mère, craignant un danger pour son fils, vint m'arracher à des jeux que j'aimais.

» Mon père, hélas ! non moins idolâtre de son enfant que ma mère, m'avait donné un petit cheval. Accompagné de jeunes noirs, que je traitais en égal, et qui, en échange de mes bons procédés et de mon amitié, m'auraient sacrifié leur vie ; accompagné, dis-je, de jeunes noirs, je galopais deux heures par jour dans d'immenses savanes. Cet exercice développait mes forces, me constituait un solide tempérament : à neuf ans, dans un pays où le climat rend les enfants si précoces, j'étais aussi fort et robuste que si j'eusse compté douze années.

» Mon père devait à l'amour de l'étude et à ses lectures une instruction solide ; c'est lui qui devint

mon instituteur. Avec quel soin il chercha, aidé
de ma bonne mère, à former surtout mon jeune
cœur ! « Toutes les sciences, me disait-il quelquefois, dont je pourrais meubler ta tête, ne te ren-
draient pas heureux, si je ne m'occupais pas
essentiellement de la culture de ton âme, Mon fils,
n'oublie jamais que Dieu t'a créé, non-seulement
pour que tu vives, mais aussi pour que tu com-
prennes la vie et les devoirs qu'elle impose, pour
que tu y accomplisses une sainte mission de charité et d'amour envers tous les hommes, qui sont
autant de frères qui te sont donnés par le Père
univèrsel. L'amour de l'humanité à lui seul renferme une source féconde de vertus. N'oublie pas
surtout, mon enfant, que le riche, en raison
de la fortune qui lui est prêtée pour un temps,
a mille fois plus que le pauvre des devoirs à
remplir envers ses semblables; le pauvre a son
travail, sa résignation, son humiliation et ses
larmes pour apostolat sur la terre : le riche, chez
lequel tout abonde, pour qui tout est facile, n'a
que sa charité pour mériter les grâces et la protection de Dieu.

» Oh ! que jamais, mon enfant, le cri d'un malheureux ne te trouve insensible ; la bienfaisance,
que je te signale comme un devoir, est aussi la

plus douce jouissance que puisse connaître le cœur.»

» Et non-seulement ce bon père m'inculquait de semblables préceptes, mais il y joignait l'exemple, bien plus frappant encore sur l'esprit des jeunes gens.

» Que d'esclaves rendus par lui à la liberté ! que de familles qu'il sauvait du découragement et du désespoir ! Mon père était devenu l'ange de bénédictions de toute la colonie ; et, par les soins d'une providence rémunératrice, à mesure que sa fortune diminuait par de bienfaisantes prodigalités, il semblait que le Tout-Puissant dirigeât lui-même ses opérations commerciales, tant leur prospérité devenait étonnante pour tous.

» Cependant ma mère, mon angélique mère, qui avait tant de motifs pour être heureuse, tant de raisons pour chérir la vie, pour bénir Dieu, ma mère s'inclinait chaque jour vers la tombe. Elle ne souriait plus qu'avec effort; de pâles et passagers éclats de joie pénétraient alors dans son cœur. Hélas ! savons-nous quelque chose des mystères de notre nature ! Un ver ne se glisse-t-il pas dans le pur calice d'une fleur ! un nuage épais et noir ne traverse-t-il pas l'azur du ciel ? Tant de bonheur n'était pas fait pour la créature : l'homme tient plus au ciel qu'à la terre ; rien n'est complet

ici-bas : la joie se mêle à la douleur, le rire aux
larmes; toutes les parfaites et éternelles félicités
sont là-haut... Je disais donc, reprit Georges après
un instant de silence, que ma mère se sentait
mourir. C'était vainement que mon père l'accablait
des plus tendres attentions pour la rappeler aux
sentiments de la quiétude et de la joie, c'était
en vain qu'il lui parlait de sa tendresse et de sa
fortune pour lui donner l'amour de la vie; cet
ange levait ses yeux vers le ciel, et, dans cette
muette réponse, mon père, hélas! voyait le détachement profond qu'elle avait de tous les biens de
ce monde.

» Un jour que j'étais resté seul auprès d'elle,
« Pauvre enfant! me dit-elle — ah! il y a bien longtemps de cela, dit Georges d'un accent profondément ému, et pourtant ma mémoire a gardé fidèlement le souvenir des paroles de ma mère, qui m'ex-
pliquèrent et son dégoût pour la vie, et le mal qui
l'entraînait vers la tombe — Pauvre enfant! me dit
ma mère, puisses-tu être plus heureux que moi!
puisse le sang d'esclave qui coule dans tes veines
ne pas contribuer à ton malheur! puisse un odieux
préjugé qui nous enlève en naissant notre juste part
des joies humaines, ne pas t'atteindre aussi un jour!
O mon fils, je voudrais effacer ce teint brun que tu

reçus de ta mère, ce signe fatal qui te fera reconnaître parmi les blancs pour être un de leurs esclaves ; je voudrais effacer de tout ton être ce sceau fatal de réprobation et de honte qui te sera peut-être imputé comme un crime. Oh ! hélas ! pourquoi me dois-tu le jour, mon bien-aimé ?

» Et ma mère, ma pauvre mère versait un torrent de pleurs, et me serrait sur sa poitrine comme si elle eût voulu, dans cette convulsive étreinte, me donner un adieu suprême.

« Moi, je pourrais souffrir de vous devoir l'existence ! m'écriai-je dans un saint enthousiasme et dans une légitime douleur. Oh ! ma mère, ne me croyez pas au cœur tant de faiblesse et d'ingratitude ; oh ! non jamais ! Je serai, au contraire, orgueilleux et fier de sentir circuler en moi un sang qui m'aura transmis toutes vos vertus ; je n'échangerais pas mon teint, mes cheveux bruns, contre les cheveux les plus soyeux, la peau la plus blanche et la plus délicate.

» Vous dites qu'on pourra peut-être un jour me reprocher d'être né d'un sang de couleur : oh ! mais, ma mère, tous ces odieux préjugés n'occupent déjà plus les esprits généreux ; la raison, le cœur ont fait justice de cette monstrueuse loi ; déjà nous naissons libres de droit,

comme nous le sommes de fait. Dans certaines
contrées, de justes et bienfaisantes paroles se sont
échappées des lèvres des hommes qui gouvernent
les hommes ; l'esclavage sera aboli, et la pro-
gression qui se fait sentir dans l'esprit humain
effacera tout à fait de nos fronts innocents le
sceau d'une avilissante servitude que Dieu défend
et réprouve. Nous sommes hommes aussi, nous,
ma mère ; un cœur noble et généreux palpite dans
notre poitrine. Aux élans de mon jeune cœur, je
sens, moi, que les grandes vertus qui font
l'homme ne me seront point étrangères. Et pourquoi donc s'attacherait-on à une misérable enveloppe qui sera la pâture des vers comme celle des
blancs, si par mes vertus je m'élève jusqu'à Dieu,
si je me rends recommandable parmi les hommes
mes frères ? »

» Enfin, je ne sais ce que put m'inspirer de
touchant et de persuasif l'exaltation où m'avait jeté
le désespoir de ma mère, je ne sais ce que je lui
dis encore ; mais elle trouva un peu de calme et
de soulagement dans mes paroles et dans mes
baisers.

» Bien qu'en présence de la digne femme à qui
je devais le jour, j'observasse avec soin de cacher
tout ce qui se passait au dedans de mon cœur,

cependant ma conversation avec elle avait éveillé
dans mon âme de profondes mélancolies, des réflexions tristes touchant mon état dans le monde.
Tout enfant que j'étais encore, j'avais des pensées
sérieuses ; dans les savanes, où les éclats vibrants
de ma voix avaient tant de fois éveillé les échos,
je marchais alors triste et pensif, la tête inclinée
sur ma brûlante poitrine ; j'errais à l'ombrage de
nos palmiers séculaires, indifférent aux beautés
d'une nature toujours parée comme une riche
fiancée ; dans ma douleur indéfinie d'enfant, je
me sentais quelquefois disposé à m'abandonner
à une sorte de désespoir. Une pensée me ra-
menait subitement à Dieu, à mes bons parents
qui pleureraient ma perte, et j'allais verser des
torrents de larmes dans le silence et la solitude des
bois.

» Qu'avais-je donc moi aussi, pauvre enfant,
pour pleurer, moi pour qui la vie s'ouvrait toute
rayonnante et dorée ? Ma douleur ne me venait-
elle que d'un vague pressentiment des maux à
venir, d'une révélation intime de ce que j'aurais à
souffrir, ou bien me venait-elle seulement de ma
mère, dont mon père et moi envisagions la fin
prochaine ?

» Je crois que toutes ces causes se réunissaient à la fois pour m'accabler et me vaincre.

» Les plus célèbres médecins de la Pointe ayant été consultés, on conseilla à ma mère le climat de la France.

» Ce mot *France* rappela à mon père les souvenirs du jeune âge; il éveilla vivement dans son cœur ce saint amour de la patrie, qui n'y était qu'assoupi.

» En quelques mois, il eut réalisé et enfermé dans son portefeuille toute son immense fortune. Et un matin que le ciel était beau, que la mer était unie comme une glace limpide, nous montâmes, mon père, ma mère et moi, à bord d'un vaisseau qui faisait voile pour Marseille. A mesure que notre bâtiment sillonnait avec rapidité la vaste étendue des eaux, la joie et la santé semblaient de nouveau colorer le front de ma mère. C'est que dans cet autre monde, dans la France où elle allait, l'infortunée espérait le bonheur; là, pensait-elle, le triste et douloureux spectacle d'un honteux esclavage n'affligera plus ni ma pensée ni mon regard. Moi, assis en silence à ses côtés, je suivais avec bonheur le changement qui s'opérait sur sa physionomie, et l'espoir pénétrait aussi dans ma jeune âme, et je riais de sa joie

aussi franchement et avec autant d'exaltation que
j'avais pleuré secrètement de ses douleurs.

» J'avais atteint ma quatorzième année lorsque
nous quittâmes l'Amérique. A cette époque, qui
touche de si près à la première enfance, j'avais
acquis la raison et le jugement d'un homme fait ;
enclin par ma nature à l'observation , j'étais ré-
fléchi , et bien que j'eusse l'apparence d'apporter
de l'indifférence dans toutes les choses de la vie ,
nul peut-être ne s'y intéressait autant que moi.
Je me plaisais à écouter, je ne faisais jamais de
questions , mais rien de ce que je voyais n'échappait à ma perspicacité ; déjà je me complaisais à
l'étude infinie et variée des caractères des hommes,
et m'étonnais déjà , à cette époque de ma vie , de
trouver en eux tant d'incertitude , de légèreté et
d'inconstance , quand ils devaient tous, selon
moi, agir et marcher vers le même but , s'aimer
entre eux , faire le bien pour mériter de porter véritablement le nom d'homme.

» Je m'épandais donc fort peu au dehors ; aussi
une dévorante activité d'esprit et de cœur me
minait secrètement ; j'offrais bien l'image fidèle d'un
froid monceau de cendres qui couvre un ardent
brasier.

» On aurait de la peine à le croire, et c'est

pourtant vrai, mon père ne savait rien de moi ;
moi son fils, moi son élève, je lui étais aussi
inconnu que l'aurait été un jeune homme vu de la
veille ; et lorsque quelquefois il me reprochait une
apathie toute créole, ma mère, avec un sourire
d'ange, s'écriait :

« Tu te trompes ; Georges, hélas ! n'est que
trop ardent, trop impétueux ; il lui faudra, à lui,
des choses immenses pour combler l'immensité
de son âme. Assigne, plus tard, un noble but à
sa vie, et tu verras s'il faillira devant une grande
mission. »

» Oh ! pourquoi donc le cœur de la femme,
d'une mère surtout, a-t-il reçu du Ciel d'aussi
intimes communications ? Serait-ce parce qu'elle
aime mieux ? Le mot aimer renfermerait-il avec lui
savoir et bonheur ? Oui, ma mère répondait cela à
mon père, qui s'obstinait à ne voir en moi qu'un
être frivole et froid.

» Après deux mois d'une heureuse traversée,
nous abordâmes le port de Marseille, une des
plus anciennes villes de France, puisqu'elle fut
fondée par les Phocéens cinq cents ans avant
Notre-Seigneur Jésus-Christ. Pendant quelques
jours, et avant de partir pour Lyon, où mon père
était né et où il voulait établir sa résidence,

pendant quelques jours, dis-je, nous nous plûmes
à visiter tout ce qu'offre de curieux cette ville
bâtie avec la magnificence des capitales, et qui
ne renferme néanmoins dans son enceinte aucun
monument digne d'admiration ; car alors l'hôtel
de ville, la bourse de commerce, la citadelle,
et le fort Saint-Jean, que Louis XIV y fit bâtir
en 1660, rien ne nous émut et ne nous inspira
ce respect, cet enthousiasme que les hommes
éprouvent longtemps en présence des chefs-d'œuvre
de l'art.

» Les nombreuses maisons de campagne (nom-
mées *bastides* par les Provençaux) qui entourent
la ville de Marseille excitèrent mon attention,
et un sentiment religieux se mêlait à tout ce que
j'éprouvais, lorsque, en cheminant dans les envi-
rons de la ville, je me représentais le bon roi
René jugeant, comme saint Louis, sur un banc
de gazon ; répudiant le faste de la cour, pour
se mêler parmi ses sujets, pour les voir de plus
près, pour mieux entendre le récit de leur misère et les soulager plus sûrement. René régnait
sur toute la Provence dans le quatorzième siècle ;
c'était un roi au cœur simple, et un sage : les souvenirs qu'il a laissés de son humanité et des arts
qui charmaient sa vie sont chers à tous les Pro-

vençaux. Enfin, après huit jours donnés à la
curiosité, nous partîmes pour Lyon, et nous y
arrivâmes le cœur plein de satisfaction; nous
avions atteint le but de notre long voyage.

» Mon père ne retrouva plus aucun parent dans
sa ville natale; la mort lui avait tout enlevé. Une
longue absence de notre pays est une triste chose ;
elle nous fait bien sentir que rien n'est immuable
et éternel dans ce monde. Le temps détruit dans
sa course accélérée et les choses et les hommes,
en sorte que celui qui reste seulement vingt années loin des lieux qui le virent naître, est tout
surpris, au retour, du changement survenu dans
tout ce qui avait frappé sa jeune imagination, et
dont il a conservé en lui le frais et ravissant souvenir.

» Au lieu des visages amis qu'il espérait revoir,
ce sont des étrangers qui l'accueillent. Des maisons sont bâties à la place où, enfant, il allait
s'ébattre sur l'herbe fleurie; tout a changé d'aspect, de face; il est étranger lui-même là où
tout semblait devoir lui sourire et le reconnaître.
C'est ce qu'éprouva mon père : en voyant sa solitude et son isolement, il regrettait presque la ville
hospitalière où, comme l'oiseau voyageur, il avait
fait son nid.

» De son côté, ma pauvre mère était en butte à de nouvelles souffrances qu'elle ne pouvait pas toujours me cacher ; elle s'affligeait de l'attention curieuse, mais non malveillante cependant, qu'elle excitait quelquefois dans les rues : c'est une *mulatresse*, avait-on dit quelquefois en examinant son visage ; en sorte que par une délicatesse généreuse elle évitait souvent de sortir accompagnée de mon père, craignant peut-être que dans son cœur ne surgît à la fin le regret de lui avoir donné son nom.

» C'est à peu près à cette époque, dit Georges en serrant une main de M. Durvet qui l'écoutait avec le plus vif intérêt, que vous vîntes habiter notre maison. Mon père se lia d'amitié avec vous ; vous fûtes bien souvent le dépositaire de mes douleurs d'enfant, de mes espérances de jeune homme. Par votre excessive bonté pour moi, vous gagnâtes les plus ardentes sympathies de mon cœur, puis.... hélas ! appelé à Paris pour des affaires de famille, au bout d'une année d'une délicieuse intimité, vous nous fîtes vos adieux.

— Et j'ai bien souvent pensé à vous, pauvre Georges, dit M. Durvet en serrant à son tour la main du marchand d'habits. Continuez, mon ami, je vous écoute.

— Je disais donc, reprit Georges en comprimant presque un sanglot, je disais donc que ma bonne mère retrouva en France, pour ainsi dire, tous les chagrins qu'elle avait fuis en quittant les colonies. Là-bas, les esclaves, jaloux de son innocent bonheur, semblaient lui porter de la haine, à tel point que souvent ma mère avait appréhendé de trouver du poison dans ses aliments — car la tyrannie et l'oppression auxquelles les malheureux noirs sont en butte, jointes à l'ignorance dans laquelle on les laisse végéter, produisent en eux des effets déplorables d'une vengeance impie; — là-bas, dis-je, elle trouvait des ennemis redoutables dans la caste d'où elle était sortie; et ici, bien que ces préjugés ne soient presque point connus, néanmoins elle souffrait d'une sorte de répulsion sociale; aussi ses mélancolies, ses affreuses tristesses, un instant suspendues, reprirent leur place dans son âme, et ma mère n'avait plus, pour refuge et consolation, qu'une religion divine qui ouvre ses bras, qui console tous les cœurs affligés.

-» Avec quelle ferveur elle serrait le Christ sur sa brûlante poitrine! que de larmes elle a répandues sur l'image de Celui qui souffrit plus qu'elle! Oh! cette vue d'un Dieu attaché à la croix, couronné d'épines, fit rentrer quelquefois un peu de calme dans cette âme trop sensible et aussi trop désolée. Quand, hélas ! l'esprit et le cœur sont à la fois frappés, il est bien difficile de se reprendre à l'amour de l'existence ; on se plaît soi-même à envisager la mort comme le passage rapide d'une vie douloureuse à une autre pleine de joies aussi pures qu'éternelles.

» Ma mère, affaiblie, vit sans aucun effroi sa dernière heure arriver.

« Ne pleure pas, Georges, me dit-elle la veille de sa mort, ne pleure pas ; nous ne serons pas toujours séparés ; tu me retrouveras là-haut, je l'espère ; je vais prier constamment pour toi, mon fils, le Père céleste. » Et, comme si cette dernière prévision maternelle, dont elle allait me faire part, pût être déjà un fait accompli, « Georges, me dit-elle bien bas pour que ses paroles échappassent à l'oreille de mon père, Georges, me dit-elle, tu souffriras des mêmes douleurs que ta malheureuse mère ; le sang d'esclave dont tu es formé sera aussi pour toi l'origine de grandes souffrances. Dieu nous a créés tous pour le martyre ; eh bien, mon fils, il te restera ici-bas une autre mère qui t'ouvrira son sein : c'est la religion. Offre-lui tes larmes, et elle

versera dans ton cœur le baume de la consolation. J'ai dit un jour en ta présence à ton père ;
Assigne un noble but à la vie de Georges, et tu
verras s'il faillira devant une grande mission ; ne
fais pas mentir ta mère, enfant ; préfère au vain
éclat des honneurs et de la gloire, les humbles et
doux fruits de la sagesse. »

» Épuisée, elle tomba sur son oreiller ; bientôt
elle ne parla plus.

» Que vous dirai-je encore ? proféra avec des
accents entrecoupés de sanglots le marchand d'habits. Le lendemain de ce jour où ma bonne mère
m'adressa ses adieux, notre maison était tendue
de noir, des hommes également vêtus de noir
emportaient dans son dernier asile la dépouille de
ma mère, et les pauvres, qu'elle avait aimés et
soulagés, suivaient son cercueil en faisant retentir
l'air de leurs gémissements et de leurs bénédictions ; il ne restait plus chez nous, hélas, que
deuil et désolation. »

» Un religieux silence suivit ces dernières paroles de Georges.

« Il y a trente années depuis cette cruelle
époque, reprit-il, et je ne puis la rappeler à mon
souvenir sans éprouver les mêmes angoisses que
je ressentis au moment où ma bonne mère me fut

enlevée pour toujours. C'est un lien bien fort qui
unit l'enfant à la mère ; il ne peut, hélas ! se briser,
sans causer en nous un de ces ébranlements, une de
ces commotions violentes qui désharmonient pour
toujours toutes les parties qui composent notre être
si faible , si fragile.

» Oh ! malheur à l'enfant qui n'a pas accompli
tous ses devoirs envers la femme qui lui donna
le jour, envers celle qui entoura sa débile enfance
de soins généreux et touchants, qui essuya ses
larmes, qui dirigea tous ses jeunes sentiments vers
le bien ; oui, malheur à lui quand l'heure fatale
de la séparation a sonné, car son cœur ne doit
plus connaître de douces consolations ; un regret
perpétuel doit siéger dans son âme. Pour moi, qui
avais aimé ma mère de toute l'affection de mon
cœur, un remords de cette nature ne se mêlait pas
à la douleur de l'avoir perdue ; je pleurais, mais
en interrogeant ma conscience je me disais : « Ah !
du moins, elle a fini ici-bas en emportant l'assurance de mon amour, de ma tendresse pour elle ! »
Et mes larmes coulaient doucement, elles soula-
geaient mon cœur.

» Pendant l'espace d'un mois, je dus complétement m'oublier pour porter des consolations à
mon père ; sa douleur était immodérée, si bien

14

que je craignais alors qu'il ne pût longtemps
survivre à ma mère. Mes caresses, mes soins,
il repoussait tout ; il cherchait la solitude en s'en-
fermant des jours entiers dans son cabinet, et,
d'autres fois, montant à cheval, il allait au loin
essayer des distractions qui lui étaient nécessaires.

» Je m'affligeais sincèrement de ces témoignages
d'indifférence de mon père, et il me semblait que
notre douleur, si elle eût été partagée, deviendrait
moins pénible pour l'un et pour l'autre.

» Dans les jours où son absence me laissait une
entière liberté, je ressentais un abattement profond,
un malaise indéfinissable ; l'isolement du cœur et
la solitude me pesaient douloureusement sur la poitrine, et seul avec mes tristes pensées, et mes incer-
titudes sur l'avenir, et mes mélancolies du moment,
comme un faible adolescent que j'étais, je recou-
rais aux larmes, et j'en versais toute la journée, en
épiant le retour de mon père ; et lorsqu'il venait
vers moi, j'étudiais sur sa physionomie si un tendre
sentiment pour le fils avait calmé les regrets donnés
à l'épouse, et toujours je retrouvais dans ce cœur,
si sensible néanmoins, même indifférence pour
l'enfant sans mère.

» Enfin, cinq mois s'étaient écoulés depuis la

mort de ma mère , et le temps , ce grand consolateur , ce médiateur dans les douleurs humaines , avait apporté des consolations à mon père.
J'entrais; à cette époque, dans ma dix-septième
année.

» Un matin , mon père me fit venir près de lui
et me dit :

« Georges, je vais me remarier ; j'ai fait choix
d'une femme aimable et bonne qui veut bien
remplacer auprès de toi la mère que tu as perdue
et que je pleure encore. Tu ne saurais mieux me
persuader de ta tendresse, mon fils , qu'en usant
envers elle de ces égards que l'on doit à l'épouse
de son père... Quoi! tu ne me dis rien... tu ne
réponds pas... tu pâlis.... »

» En effet , ce coup inattendu me brisa ; je tombai
évanoui aux pieds de mon père.... »

» Lorsque je repris mes sens , j'étais dans mon
lit ; mon père et un médecin étaient à mon chevet,
attendant avec anxiété le réveil de mes sens.

» Je ne pus trop m'expliquer, lorsque je repris
connaissance, comment il se faisait que j'étais ainsi
couché , et pour quelle raison mon père et le docteur étaient à mes côtés. Tout était trouble et confusion dans ma mémoire, et comme honteux , je
cherchais à m'élancer hors du lit.

« Restez-là , » me dit le docteur ; et il m'enjoignit de prendre quelques gouttes d'éther.

» Bientôt , n'ayant plus aucune inquiétude sur
mon état , mon père quitta ma chambre ; je de-
meurai seul avec le docteur. Celui-ci , qui avait
donné ses soins à la maladie de ma mère , était
un de ces hommes rares qui n'exercent pas la mé-
decine dans des vues étroites d'intérêt. Le grand
et noble amour de l'humanité l'avait guidé dans
l'étude de cette science , qui, si elle n'a point
atteint encore le degré de supériorité auquel elle
est appelée , peut néanmoins déjà apporter du soulagement dans les affections physiques , en se met-
tant chaque jour en contact avec le malheur et la
souffrance. M. Bonneau , c'est le nom du docteur ,
parlait le vrai langage de l'humanité. Je l'avais souvent entendu dire à ses confrères : « Appliquons-
nous , messieurs , à soulager d'abord l'âme de nos
malades , et notre art , qui n'est encore que dans
son enfance , fera des progrès merveilleux. L'œil
du médecin ne s'attache qu'à découvrir les maux
extérieurs , quand c'est souvent le cœur seul qui
souffre. Ainsi il prescrira des remèdes à celui qui
n'aurait besoin , pour se reprendre à l'amour de la
vie , que d'un peu d'encouragement , d'un peu d'affection ; il lui conseillera des tisanes , et il ne

parlera pas à son âme ; il n'aura aucune douce parole pour attendrir son cœur : c'est pourtant là, au cœur, qu'est souvent le siége du mal. Que de malades seraient soustraits à la mort si l'espérance venait leur sourire ! Combien de ceux-là qui nous appellent à leur chevet ont plus besoin de notre bourse que de soins, plus besoin de nos consolations que de notre lancette. » Et prêchant l'exemple à ses confrères, M. Bonneau faisait, chez les pauvres surtout, des cures merveilleuses ; il ouvrait pour eux et sa bourse et son cœur. J'avais la plus grande estime pour un tel caractère, et il ne paraissait pas indifférent à mes sympathies pour lui, il m'honorait de son amitié.

» Resté seul avec lui, « C'est là que vous souffrez, pauvre enfant, me dit-il en posant sa main sur mon cœur. — C'est là, » répliquai-je avec une candeur naïve. Et des larmes jaillirent en abondance de mes yeux ; car les paroles du bon docteur m'avaient donné tout à coup la cruelle perception du malheur qui me menaçait.

» Quand j'eus cessé de répandre des pleurs, « Georges, me dit le bon médecin d'un ton grave, Georges, votre mère se serait-elle abusée quand elle supposait à votre jeune âme l'énergie précoce d'un homme, quand elle m'assurait que vous sau-

riez dompter votre extrême sensibilité? Mon jeune
ami, dans cette circonstance de votre vie, appelez
à votre aide la résignation et le courage ; opposez-
les, mon enfant, à toutes les afflictions qui vous
déchireraient si vous ne vous rendiez maître de
vous-même : il est beau, il est digne de savoir se
vaincre. Tenez, mon jeune ami, moi qui me suis
appliqué toute ma vie à l'étude du corps humain,
je ris souvent de tous ces hommes réputés esprits-
forts, philosophes, savants, qui cherchent à pénétrer
l'inexplicable, qui meublent leur tête de vaines
connaissances ; je ris d'eux, voyez-vous, parce
qu'ils sont de misérables insensés qui s'éloignent
de la seule science qui peut élever la créature à la
hauteur que Dieu lui a assignée. Cette science est
pourtant bien simple ; elle consiste à s'étudier,
à se vaincre, à s'exercer à la douleur, à demeurer comme insensible à tous les frottements de
ce monde, à mépriser la légère piqûre des hommes,
comme le lion des forêts dédaigne la fourmi qui
s'attache à lui.

» Qu'on me dise : Voici un homme qui n'a jamais mis le nez dans un livre, qui n'a pas pro-
mené à travers un télescope ses regards orgueilleux
dans les planètes, qui n'a résolu aucun problème,
ni du monde physique, ni du monde moral ; mais

cet homme a dédaigné les richesses ; il passa sa
vie à s'observer, il a élagué de son cœur tout ce
qui pouvait l'endolorir, il n'a gardé de sa sensibilité que ce qu'il lui en faut pour plaindre et
secourir ses semblables ; il n'a aucune ambition,
il vit de peu ; il attend avec calme, avec joie,
l'instant qui le séparera de cette terre de corrup-
tion et de fange ; oui, qu'on me dise, cet homme
a fait tout cela, et il en jouit, et il est heureux,
Eh bien, devant cet homme je m'écrierai : Voilà
un vrai sage, car il a su travailler à sa propre
félicité et à celle d'autrui !

» Mais revenons à vous, mon enfant, continua
l'excellent docteur. Quoi ! vous êtes faible au point
d'envisager l'union nouvelle que va former votre
père comme un malheur auquel vous devez ne
pas survivre. Seriez-vous égoïste, Georges, au
point d'exiger que l'auteur de vos jours se con-
damnât à vivre seul, et cela pour garder plus
fidèlement le souvenir douloureux de votre mère
qui n'est plus? Cela ne serait pas juste et n'éma-
nerait pas du cœur d'un bon fils ; car enfin,
Georges, vous ne pouvez rester constamment auprès de votre père, il vous faudra suivre une
carrière qui vous éloignera probablement de lui.
L'isolement du cœur n'est pas fait pour l'homme ;

l'isolement n'inspire aucune noble et généreuse
pensée, il conduit vers un honteux égoïsme. Et
d'ailleurs, Georges, ce n'est point à vous de juger
la conduite de votre père ; Dieu ne donne pas ce
droit aux enfants ; songez à vous rendre recommandable vous-même. C'est en s'interposant dans
la conscience des autres qu'on oublie d'interroger
la sienne. Pensez à votre avenir ; vous avez dix-
sept ans, choisissez un état ; dites celle des professions pour laquelle vous vous sentez appelé ;
puis, allez, marchez, enfant, la jeunesse a besoin
d'activité ; la jeunesse est le commencement d'un
voyage. Si, en partant, on ne se désigne pas un
but, où ira-t-on, je vous prie ? ne risquera-t-on
pas de s'égarer perpétuellement?

» Choisissez donc une carrière. Soyez avocat :
vous aurez à défendre la veuve, l'orphelin, l'op-
primé, et ces derniers sont en grand nombre.
Soyez médecin : tous vos malades seront autant
de frères à secourir, à aider. Soyez prêtre : vous
remplirez un sacerdoce de charité et de dévouement ; vous pleurerez avec ceux qui pleurent,
vous ouvrirez les bras à tous les affligés. Ah! mon
ami, on n'est pas malheureux tant qu'il reste du
bien à faire. » Et le bon docteur cessa de parler ;
je pris sa main, il serra la mienne : « Mon en-

fant, dit-il encore, du courage, grandissez-vous, soyez homme ! »

« En achevant ces mots, il sortit sans attendre ma réponse.

» Le discours du docteur avait profondément remué mon âme; de nobles instincts, qui n'avaient besoin pour se développer que d'être excités, s'y réveillèrent; et, rougissant d'avoir montré si peu de force morale, je rejetai loin de moi mes couvertures, je pris à la hâte mes vêtements, je m'habillai avec précipitation, et je courus dans le cabinet de mon père.

« J'ai été un enfant, tantôt, lui dis-je avec fermeté; pardonnez-moi, mon père, d'avoir montré tant de faiblesse. Soyez heureux, mon père, c'est le plus ardent désir de mon âme.

— Je le serai, » dit-il.

» Alors, après une longue conversation entre mon père et moi, je lui fis part de mon goût pour l'état ecclésiastique, et je le suppliai de me permettre de me renfermer dans un séminaire pour me soustraire au monde et pouvoir mieux connaître si réellement ce goût était une véritable vocation. Mon père sourit avec tristesse : « Je crains bien, moi, me dit-il avec quelque mécontentement, que cette résolution ne soit que l'effet d'un

désespoir d'enfant. Je te permets néanmoins l'essai
que tu désires, quand mon mariage sera conclu. »

» Ceci ayant été décidé, je sortis du cabinet de mon
père, heureux de la permission que j'avais obtenue.

» A un mois de là, je vis s'établir dans notre
maison une femme jeune et belle, mais sur la physionomie de laquelle je lus, hélas ! mon malheur
et celui de mon père : un mauvais génie avait pénétré sous notre toit ; nous en devions subir tous l'influence fatale.

» Malgré les efforts de ma belle-mère pour
capter ma tendresse filiale, je ne tardai pas à m'a-
percevoir que son cœur renfermait un grand fond
d'insensibilité et d'indifférence pour tout ce qui ne
la touchait pas personnellement.

» Oh ! combien il me fut douloureux de voir
cette femme étrangère remplacer la bonne mère
que je pleurais toujours dans le fond de mon
cœur ! combien elle perdait à la comparaison que
je ne cessais de faire entre elles deux ! Et il fallut
plusieurs fois rappeler à mon souvenir la petite
morale du bon médecin, le souvenir de tout le
respect qu'un bon fils doit à la volonté de l'auteur
de ses jours, pour opposer la douceur aux admonestations qu'elle m'adressait, même en présence
de mon père.

» Plusieurs fois mon teint et mes cheveux rudes et frisés avaient été l'objet d'une malveillante attention; elle avait osé prononcer le nom de ma mère, et elle s'oublia un jour jusqu'à dire à mon père et en ma présence : « Pourquoi avez-vous épousé une vile esclave? » Révolté dans tous les secrets sentiments de mon cœur, le visage empourpré, je bondis hors du salon et courus pleurer en liberté.

» Deux jours après, je pris congé de mon père et j'entrai dans un séminaire de Lyon. J'étais alors dans la ferme résolution d'en finir tout d'un coup avec un monde qui n'avait offert à ma jeunesse que mélancolies amères, larmes et douleurs.

» Aussi, en voyant les portes du séminaire qui me séparaient du reste de la société se fermer sur moi, de tumultueuses sensations qui ressemblaient à de la joie s'élevèrent dans mon cœur; il me sembla que, dans ce pieux asile, je me rapprochais de Dieu, de ma mère, et les premiers jours de mon entrée dans cette maison furent donnés à de graves réflexions qui semblaient de plus en plus me détacher des choses d'ici-bas et donner une direction sérieuse à toutes mes pensées. J'assistais avec goût et apportais la

plus grande ferveur à tous les exercices pieux de
cette sainte maison. La prière est pour un cœur
plein de Dieu un besoin qui dévore, un besoin
qui n'est jamais satisfait ; aussi je m'oubliais souvent sur les dalles froides de la chapelle, et les
bons prêtres auxquels était confié le jeune troupeau étaient souvent obligés de m'arracher à mes
méditations.

» Un an s'écoula de la sorte; mais à cette
époque il s'opéra en tout mon être un inexplicable changement. Je souffrais à l'idée que j'étais
clôturé ; je ne respirais plus librement dans cette
atmosphère où régnaient la solitude, le silence et
la prière. Savons-nous, faibles humains que nous
sommes, savons-nous quelque chose des mystérieux décrets de la Providence? Hélas! nous pouvons à peine sonder les profonds abîmes de notre
cœur.

» Je fis part de mon ennui, j'ouvris mon âme
à un vénérable ecclésiastique, qui n'avait cessé de
m'observer durant mon séjour dans cette maison.

« Dites-moi, lui demandai-je un jour, pourquoi je ne suis plus le même; est-ce que l'esprit
de Dieu se serait retiré de moi? Oh! je serais bien
malheureux ! »

» Le bon prêtre sourit avec une douce tristesse :

« Enfant, répliqua-t-il, l'exaltation que l'on met
dans un sentiment, n'importe lequel, est presque
toujours l'indice du peu de durée qu'il doit avoir ;
votre ferveur, dans les premiers temps de votre
entrée au séminaire, aurait pu être regardée
comme le présage d'une ardente vocation pour
l'état ecclésiastique, et cependant je croyais voir
dans votre âme que vous devez vivre dans le
monde.

— Je le déteste, le monde, m'écriai-je avec
vivacité ; je veux appartenir à Dieu seul.

— Enfant, dit avec douceur le prêtre, ce que
vous prenez pour une vocation, pour la vie grave
et austère imposée à ceux qui ne doivent appartenir qu'au Seigneur, n'est à coup sûr que
l'abattement que laissent dans votre cœur quelques
espérances du monde qui ont été déçues. A combien de regrets amers livreriez-vous le reste de
votre vie si, n'ayant écouté que l'erreur de votre
imagination qui vous entraînait au delà des bornes
du vrai, vous alliez prononcer des vœux irrévo-
cables ; si, un jour, sous la robe du prêtre,
vous sentiez palpiter un cœur plein du souvenir
des vanités de la terre. O malheur, mille fois
malheur à vous, mon fils ; car non-seulement
vous souffririez des tourments affreux, mais vous

offririez encore au monde le spectacle le plus
affligeant qui se puisse voir ; le monde vous acca-
blerait de son mépris, et Dieu , que vous serviriez
mal, repousserait vos prières. O mon jeune ami,
retournez au monde.

— Eh ! qu'y ferai-je , dans le monde ?

— Vous y êtes donc seul ? n'avez-vous pas votre
père ?

— Oui.

— Eh bien , n'avez-vous donc pas des devoirs à
remplir vis-à-vis de lui ? »

» Hélas! je ne répondis pas à cette question,
tant elle avait soulevé de tristes souvenirs dans
mon âme.

» Le prêtre continua :

« Ce serait une grande erreur, mon fils, que
de croire qu'il faut quitter tout à fait le monde
pour devenir agréable à Dieu , pour se sanctifier ;
non, le vrai chrétien, l'homme de bien, qui est
constamment exposé aux tentations du monde, qui
lutte corps à corps avec tout ce qu'il offre de va-
niteuses espérances, de gigantesques ambitions,
pour n'accomplir ici-bas qu'une sainte mission de
charité et d'amour envers ses semblables, celui-là
est assurément digne de respect et de vénération.
Le monde offre mille moyens de faire de bonnes,

d'utiles, de saintes œuvres. On peut y exercer un grand et digne apostolat, qui ouvre aussi les portes du ciel. »

» Ainsi parla le respectable ecclésiastique, et je me promis bien de mettre à profit ses paroles. Je m'observai mieux, et je reconnus qu'il me serait impossible de m'assujettir, durant le cours d'une vie qui pouvait être longue, aux austérités du sacerdoce. Et un matin, bien qu'il dût m'en coûter de vivre sous le même toit qui abritait celle qui avait remplacé ma mère, un matin, j'arrivai chez mon père.

» Quel changement m'attendait au retour, grand Dieu ! Mon père n'était plus le même ; son visage était amaigri, il était pâle, son front était sombre et constamment pensif. Qu'est-ce donc qui l'agitait ainsi ? quel ver rongeur habitait son cœur ? Hélas ! ce mystère me fut bientôt expliqué. Mon père, ainsi que je l'avais pressenti, mon père n'était pas heureux ; sa maison lui était devenue odieuse, la paix en avait fui pour toujours.

» Ma belle-mère avait donné un fils à mon père, et cet enfant au berceau, loin de devenir pour eux un nouveau lien pour resserrer l'union de leurs cœurs, sembla au contraire n'être venu que pour les diviser davantage.

» En me voyant, mon père parut éprouver une grande satisfaction. « Cher enfant, me dit-il en me serrant dans ses bras, ton absence laissait un vide dans mon cœur; merci d'être revenu, merci, Georges. » Et une larme humecta sa paupière.

» Ce ton presque humble de mon père à mon égard me toucha sensiblement; il semblait me révéler je ne sais quel regret d'avoir sitôt remplacé ma mère ou bien d'avoir repoussé ma tendresse. Mon père souffrant, malheureux, eut de nouveaux droits sur mon cœur; il devint pour moi un objet sacré dont la garde m'était remise, et je vis plus clairement la main de Dieu qui me rappelait près de lui.

» Mais si mon père m'accueillit avec autant de bonheur, il n'en fut pas de même de son épouse; l'enfant de la maison fut traité par elle comme on traite un étranger qui devient importun. Cependant toutes ces douleurs s'aggravaient par la prodigalité de ma belle-mère; elle aimait le luxe et le faste; elle donnait des fêtes, des soirées brillantes, dans lesquelles elle étalait une toilette de reine; de sorte que mon père envisageait une ruine certaine. Et cependant, plus faible qu'un enfant en face des puissantes volontés de son épouse, il courbait

la tête en attendant la tempête qui menaçait de
fondre sur sa maison.

» J'étais devenu sa seule consolation ; il s'atta-
chait à moi en raison de l'indifférence dont jadis
il avait payé mon vif et respectueux amour, indifférence qu'il se reprochait peut-être avec trop de
sévérité.

» Les caresses du jeune Ernest, mon frère,
paraissaient l'importuner. Et souvent, pris d'atten-
drissement et de pitié à la vue de sa froideur pour
cet enfant, j'avais saisi Ernest dans mes bras et
l'avais déposé dans les siens.

« Ah ! mon père, disais-je, ne lui refusez pas
votre amour, il est aussi votre fils. » Et, à ma grande
satisfaction, j'avais réussi plusieurs fois à consoler
le petit Ernest, et à éveiller dans le cœur de mon
père de tendres sentiments pour l'enfant qui, à ses
yeux, devait être innocent des torts de sa mère.

» Enfin, dans cette maison où ne régnait plus
que la discorde, je m'efforçais de remplir la mission de conciliateur. Hélas ! pourtant, je ne re-
cevais en retour que haine, injustice et mépris.
Ma belle-mère prétendait que j'enlevais à son enfant sa part de l'attachement de son père ; elle
osait sans cesse me désigner sous le nom injurieux de *fils de l'esclave*.

« Oh ! ma mère, m'écriai-je souvent quand j'allais chercher un peu de calme et de repos dans ma chambre, ô ma mère, avais-tu donc reçu du Ciel le funeste pressentiment du chagrin et du malheur qui devaient être mon partage ! »

» Et cependant, je le dis avec plaisir, nul sentiment de haine et de vengeance ne s'élevait dans mon cœur pour cette femme ; je n'y trouvais, en le sondant bien, que pitié et pardon pour ses égarements.

. » En parvenant ainsi à imposer silence à toutes mes douleurs, en m'épurant, pour ainsi dire, au creuset de l'infortune, j'avais eu occasion de me rappeler les paroles du respectable prêtre du séminaire, et je comprenais alors son raisonnement touchant le salut.

« On peut se sauver dans le monde, m'avait-il dit souvent, comme dans la retraite ; car l'apostolat que l'homme de bien accomplit dans le monde est plus rude et plus difficile que l'apostolat du prêtre. »

» Les années s'écoulaient rapidement ; j'avais atteint ma vingt-quatrième année, et je m'indignais de rester ainsi dans une sorte d'inertie, à un âge où l'homme est appelé à exercer utilement ses forces ou ses facultés intellectuelles ; et, dans mes

entretiens avec mon père, je lui communiquais
mes craintes sur mon avenir. « Je dois donc, lui
disais-je, n'être utile à personne, pas même à
moi ; je suis sans état, sans profession ; je ne suis
attaché à la société par aucun lien. Il m'est pénible
de penser, mon père, que je vis ici comme un
homme qui aurait terminé sa tâche et qui se repose,
tandis que je n'ai rien fait encore, et que ma vie,
inutile à tous, s'est écoulée dans un long sommeil.
N'y a-t-il pas de la lâcheté dans mon fait, et mé-
rité-je bien de porter le nom d'homme ? »

» Mais à cela toujours mon père répondit : « Ne
m'abandonne pas, mon fils ; que deviendrais-je,
hélas ! si tu t'éloignais encore ? » Et des larmes
coulaient de ses paupières. Je me taisais alors,
dans la crainte de l'affliger, et je restais. Et le
temps poursuivait son cours, et notre position,
loin de s'améliorer, devenait chaque jour plus
intolérable.

» Oh ! il aurait fallu être initié à toutes nos
douleurs et à nos misérables dissensions domestiques pour comprendre tous les chagrins qui ont
assailli et désolé mon cœur.

» J'avais revu le docteur Bonneau chez mon
père ; c'était lui qui recevait tous mes secrets.
Il m'exhortait à la patience :

« Un bon fils, me disait-il, se doit tout entier à son père ; votre conscience vous rendra plus tard un si excellent témoignage de votre bonne conduite, que, quelle que soit votre position dans le monde, ce témoignage servira à vous consoler.

» Mon enfant, pour employer l'activité dévorante de votre esprit, recourez à l'étude, cherchez d'utiles instructions dans de bons livres, rendez-vous familières les langues étrangères ; rien ne captive autant l'imagination et le cœur. C'est par leur utile secours, d'ailleurs, que s'établissent les relations entre les peuples ; c'est par cette connaissance que nous pouvons connaître et comparer avec les nôtres les maux des autres nations.

» Mon enfant, puisqu'aucune voie ne vous est encore ouverte, travaillez à votre instruction, meublez votre intelligence ; plus tard, aidé de votre expérience et de la sagesse, vous pourrez peut-être devenir utile à l'humanité. Pour exercer le bien, l'homme n'a pas besoin d'occuper des emplois éminents ; chacun peut ici-bas, quelle que soit la petite sphère où il est placé, marquer sa vie par des actions vertueuses, peut faire rayonner son front d'une petite auréole de gloire. Le roi, qui du haut d'un trône étend ses bienfaits sur tout un peuple, n'est pas plus recommandable, aux yeux du souverain Juge, que l'homme privé qui se dévoue au petit cercle d'hommes qui l'entourent ; tout est relatif ici-bas, mon enfant. »

» Les conseils de ce digne ami fortifiaient mon âme, ils m'aidaient à me faire porter patiemment ma croix.

» Dix années s'étaient passées dans ce cruel état de choses. Ma belle-mère, qui n'avait pu modérer son goût effréné pour le luxe, travaillait à notre ruine, et l'imprévoyante femme sacrifiait follement son avenir et celui de son fils à quelques satisfactions passagères de vanité.

» Il arriva pour elle, hélas ! le temps où elle devait recueillir les tristes fruits d'une inconcevable folie et de l'étrange faiblesse de mon père.

» Un jour, de nombreux créanciers se présentèrent en foule dans la maison, réclamant ce qui leur était dû. Cette somme était considérable ; cependant elle n'excédait pas notre immense fortune. Mon père, dont la santé s'était gravement altérée, paya tous les réclamants. Un morne désespoir s'empara de lui ; néanmoins il n'adressa aucun reproche à celle qui travaillait à le plonger dans la misère, et comme si ce dernier coup devait lui donner la mort, il se mit au lit et s'éteignit lentement.

» L'entrée de sa chambre fut interdite à ma belle-mère et à Ernest ; moi seul y pénétrais librement.

» Un matin que j'étais avec lui, il prit ma main :

« Pardonne-moi, Georges, me dit-il; je fus bien coupable envers toi, je fus insensible à ta tendresse. Dieu m'a cruellement puni. J'aurais dû vivre uniquement pour le bonheur du fils de ma vertueuse Nisa (c'était le nom de ma pauvre mère); j'aurais dû me consacrer tout entier à toi, si bon, si dévoué; pardonne-moi. »

Je versai des torrents de larmes. C'était la première fois que mon père, depuis son second mariage, m'avait parlé de ma mère, qu'il avait prononcé son nom vénéré devant moi.

« Le temps presse, me dit-il; je vais rejoindre ta mère. Tiens, voici un papier cacheté ; ne l'ouvre que lorsque j'aurai cessé de vivre, je t'en prie ; cache-le jusque-là à tous les yeux ; mets-le dans ton sein, mon fils. »

L'infortuné, en accomplissant un acte qui demandait quelque énergie, semblait craindre que sa faiblesse ne triomphât encore, et je lui obéis aussitôt ; mais je ne pus contenir devant lui ma profonde douleur. Mon père, en apparence insensible au sentiment qui l'oppressait, se tourna vers la ruelle de son lit; ses yeux se levèrent vers un grand christ qui était attaché au mur entre deux rideaux; il fit un soupir qui retentit dans mon cœur, ce soupir fut le dernier : mon père était devant le Juge suprême ! Lorsqu'à genoux auprès de ce funèbre lit j'eus longtemps prié et pleuré, je crus remplir un devoir en prenant connaissance de l'écrit que m'avait remis mon père quelques minutes avant sa mort; *deux cent mille francs* avaient été déposés pour moi chez un notaire; cet homme de loi devait me les compter sitôt le décès.

» Il me fallut ensuite voir ma belle-mère, et lui annoncer la perte cruelle que nous venions de faire.

» Son cœur desséché n'en ressentit aucune douleur; elle ordonna des obsèques brillantes pour satisfaire son insatiable vanité, et elle poussa l'oubli de toutes choses en me priant de la délivrer de ma présence. Elle blessa mon cœur sans l'humilier, et, lorsque j'eus suivi jusqu'au cimetière l'homme qui n'avait entaché sa vie que d'une excessive faiblesse, lorsque j'eus rendu les derniers devoirs à mon père, je quittai cette maison. Sans me préoccuper de la totalité de la succession qui, vue par moi d'une manière approximative,

devait rendre mon jeune frère bien plus riche que
je ne l'étais par le legs de mon père, j'en étais
satisfait.

« Adieu, madame, dis-je en quittant ma belle-
mère ; soyez heureuse, je le désire de tout mon
cœur ; souvenez-vous toujours que vous avez un
ami dans ce Georges qui ne voit en vous que la
femme que son père a aimée ; et si jamais vous
tombez dans le malheur, recourez à moi, et vous
verrez si mon âme connaît l'oubli des injures. »
Puis, ayant serré contre mon cœur Ernest, que
j'aimais tendrement et que je plaignais du fond
de mon âme, je sortis d'une maison où s'étaient
écoulés pour moi des jours si heureux suivis
d'autres remplis d'amertume et de désolation.

» Que vous dirai-je encore ? continua le marchand d'habits en hésitant un peu..... tout ce
qui me reste à vous raconter est peu de chose,
et si je ne devais pas tout vous dire, je craindrais
de trop écouter un mouvement d'orgueil, en vous
instruisant des faits qui sont peut-être à ma louange
et qui pourtant devraient être bien naturels à tous
les hommes.

» J'habitais Lyon, vivant de l'intérêt, que me
faisait le notaire, des *deux cent mille francs* que
je lui avais laissés en dépôt ; je vivais dans une

entière solitude, et n'avais d'autre ami véritable
que l'estimable docteur. Il m'avait engagé à ne
pas aventurer dans le commerce, ni dans aucune
branche d'industrie, les débris de la grande fortune de mon père. « Attendez, me disait-il ; une
occasion s'offrira peut-être où vous pourrez faire
rapporter à cet argent un intérêt qui vous mettra
à même d'exercer la bienfaisance. » Et un an se
passa ainsi dans de grandes et ennuyeuses irréso-
lutions, et je m'effrayais de cette course rapide
de temps qui me faisait vieux, sans qu'il calmât
ce besoin d'activité qui me dévorait.

» Je n'avais plus revu ma belle-mère ; je ne
savais rien d'elle, ni d'Ernest, ce jeune enfant
pour lequel je sentais une véritable affection de
frère. Quelquefois je me reprochais de n'avoir pas
su surmonter les odieux mépris de sa mère, pour
pouvoir être à même de diriger le cœur de cet
enfant vers la vertu. C'était, me disais-je, une
tâche que Dieu m'imposait, et faible que je suis,
je l'ai trouvée trop rude et trop pénible, et je m'y
suis soustrait. Où est donc le mérite de faire le
bien et son devoir, quand ce bien et ce devoir
sont faciles, quand il n'en coûte rien ni au cœur
ni à l'amour-propre ?

» Cette accusation que je portais contre moi-

même ne laissait plus de paix à mon cœur. Un
matin, je résolus d'aller faire une visite à celle qui
portait le nom d'Hervé comme moi.

» Je marchai d'abord lentement, pour avoir le
temps de m'encourager à cette démarche ; puis,
dans la crainte de céder à la faiblesse d'une appré-
hension je précipitai ma marche. Ma main souleva en tremblant le marteau de cette maison que
j'avais si longtemps habitée ; ce bruit, je ne sais
trop pourquoi, retentit douloureusement dans mon
cœur comme un son lugubre.

» Une femme inconnue m'ouvre la porte :
« Mme Hervé ? lui dis-je.

— Elle n'habite plus cette maison, me dit cette
femme ; entrez, je vais vous raconter... » Et je la
suivis.

« Mme Hervé, me dit-elle lorsque nous fûmes
dans le salon, a vendu cette maison après la perte
de son fils.

— Quoi ! mon frère est mort ! m'écriai-je en
versant des larmes.

— Oui, monsieur, il est mort, et sa mère est
tombée dans la plus affreuse des détresses ; la
pauvre chère femme n'a peut-être pas, à l'heure
qu'il est, un morceau de pain à mettre sous la
dent ; voilà où mène l'inconduite. »

Et cette femme, eût longtemps continué sur ce ton.

« Son adresse ? dis-je en l'interrompant ; oh ! dites-moi le lieu qu'elle habite. » Et lorsqu'elle m'eut donné un chiffon de papier où cette adresse était désignée, je sortis avec précipitation...

» O mon Dieu ! pensai-je pendant que je me dirigeais vers l'habitation de ma belle-mère, ô mon Dieu ! il est donc bien vrai que, dès ce monde, vous envoyez de sévères châtiments au coupable ! J'ai abandonné l'enfant que je devais protéger, et l'enfant s'en est allé, sans m'avoir laissé pour dernier adieu un sourire, un baiser, en emportant le souvenir amer de l'abandon de son frère...

» Oh ! je suis cruellement puni ! Et cette femme, naguère encore si forte et si orgueilleuse, la voilà courbée sous le double poids de la misère et d'une indicible douleur de mère ! Pauvre reine détrônée, qu'as-tu fait de tes vanités, de tes illusions d'un jour, de tes folles espérances ? Tout est enlevé : illusions, vanités, folles espérances, tout a disparu ; tu restes seule, délaissée de tes faux amis, que ton éclat et les fêtes de ta maison attiraient chez toi ; tu es seule avec ta conscience et Dieu.

» Tout en raisonnant de la sorte, j'arrivai dans

un óbscur et sale réduit où gisait la femme du monde.

» A ma vue, un tremblement convulsif agita ses membres ; il lui sembla peut-être voir en moi un remords vivant qui venait lui reprocher tous ses torts. Elle courba la tête sur sa poitrine, comme le condamné qui attend la hache du bourreau. Je donnai à mes paroles l'accent le plus tendre, le plus compatissant :

« O madame, lui dis-je, je viens mêler mes regrets à vos regrets, je viens pleurer avec vous l'enfant aimable que vous avez perdu ; plus heureuse que moi, vous avez connu la douceur d'un dernier sourire, vous avez eu l'amère consolation de lui fermer les yeux. »

» Et la mère pleura ; ses sanglots soulagèrent sa brûlante poitrine.

» Je la laissais longtemps verser des larmes, j'étais douloureusement affecté moi-même.

« Georges, dit-elle enfin lorsqu'elle put retrouver la voix, il faut que vous ayez appelé sur ma tête la malédiction du Ciel pour que je sois ainsi abaissée. Et cela est justice, voyez-vous : j'ai abusé des dons de la vie et de la fortune ; j'ai méprisé les voix intérieures de l'âme qui me criaient de chercher le bonheur dans la vertu, pour prêter

l'oreille aux fausses adulations du monde, aux
vanités de la terre. Que de malheurs j'ai attirés
sur ma tête coupable! Voyez celle qui croyait à
l'éternité de la terre, celle qui, la tête haute et
fière, la tête couronnée de fleurs et de perles,
défiait et le temps et le malheur; voyez-la, elle
est ici dans une obscure mansarde, entourée
d'affreux haillons, se traînant dans la fange. Ah!
c'est justice : je suis la fille de mes propres
œuvres. Pitié, Georges, pitié pour moi, vous fûtes
une de mes victimes !

— Ah! lui dis-je, je ne viens point vous ac-
cuser; je viens pour changer votre position et vous
offrir les consolations d'un fils. Mon père, en mourant, m'a légué *deux cent mille francs* ; je viens
vous en offrir la moitié. »

» Elle couvrit son visage de ses deux mains :

« C'est à moi, dit-elle, à votre mortelle
ennemie, que vous donnez la moitié de ce que
vous possédez; à moi, qui vous ai indignement
chassé du toit paternel? Oh! ceci, voyez-vous,
me manquait pour me faire connaître l'énormité
de mes torts et mon indignité. Oh! combien vous êtes
généreux et grand, Georges ! Où donc avez-vous
puisé tant de force, de sensibilité et de vertu, dites?

— Je n'ai qu'un peu de charité et d'amour,

répliquai-je, et je les dois au christianisme, à la religion. »

» Je sortis sans attendre sa réponse; et quelques heures après, j'étais de retour ; je trouvai ma belle-mère à genoux :

« Je prie aussi, vous le voyez, dit-elle; je prie le Dieu de miséricorde , afin qu'il me fasse grâce.

— Priez, et vous serez consolée, » lui dis-je.

» Après avoir jeté sur une table la valeur de cent mille francs que le notaire m'avait comptés, je sortis, presque heureux, de cette maison ; il me semblait que, du haut du ciel, mon père avait applaudi à cette œuvre de miséricordieuse charité de son fils envers la femme qu'il avait aimée.

» Cet essai que je venais de faire du bonheur que l'on goûte dans la bienfaisance décida de ma vocation. J'avais atteint ma quarantième année; ma vie, qui jusque-là s'était écoulée dans une sorte de somnolence physique, ne me rendait pas propre à me plier à aucun genre de travail manuel. Mon esprit poétique et rêveur me semblait devoir être essentiellement opposé à celui qu'il faut apporter dans des opérations commerciales. D'ailleurs, n'ayant à me préoccuper de l'avenir d'aucune personne qui me fût chère, je me crus

libre. Je pouvais adopter une famille, je pouvais
me dévouer à elle ; je pouvais aimer cette famille,
je la trouvai dans l'humanité tout entière : je
résolus de l'aimer, de m'y dévouer entièrement.
Et puis, ces paroles de ma bonne et pieuse
mère mourante me revenaient continuellement à
l'esprit : « Mon fils, me dit-elle, tu dois préférer au vain éclat des honneurs et de la gloire les
humbles et doux fruits de la sagesse. »

» Mon parti fut irrévocablement arrêté dans
mon cœur.

» Rien ne me retenait à Lyon ; trois tombes
s'étaient fermées sur toutes mes affections. Je
résolus de quitter cette ville ; mais où irai-je me
réfugier et essayer de faire quelque bien ? Je jetai
les yeux sur Paris ; car Paris est une ville où se
rassemblent toutes les misères qui veulent se cacher, toutes les gloires et les ambitions qui veulent briller. Il faut à la misère des secours et
des consolations, il faut à l'ambition quelques
leçons et quelques exemples. Paris est un cloaque
impur où se traînent tous les vices ; Paris est
le séjour que préfèrent les grandes renommées,
les grandes vertus ; tout y est mêlé, confondu :
c'est une école incessamment ouverte à l'observateur : c'est vers Paris que tendirent tous mes vœux.

» Or un matin, après une promenade au cimetière de Fourvières, après avoir déposé quelques fleurs et beaucoup de larmes sur mes trois
tombes vénérées, après avoir embrassé le bon
docteur, pris mon argent chez le notaire, je dis
adieu à la ville de Lyon, je montai dans une di-
ligence, et me voilà sur la route de Paris.

» Je consacrai d'abord quelques jours à visiter
tout ce que la capitale offre de curieux à l'enfant
des provinces. Je pris pied, comme on dit, sur
cette nouvelle terre; je ne voulus être étranger
à aucune des misères, à aucune des vertus que
cette ville renferme dans sa vaste enceinte; je
pénétrai partout, et j'eus lieu de faire de bien
tristes réflexions.

» Pour quelques hommes bienfaisants et généreux qui donnent à Paris l'exemple de l'ordre
et du bien, combien en est-il d'indifférents à tout
ce qui ne les touche pas, qui oublient leurs devoirs sacrés envers l'humanité! Et je pleurai dans
mon cœur, oui, je versai des larmes amères sur
l'erreur des hommes, sur le scepticisme qui travaille le siècle!

» Oh! j'aurais voulu, comme un prophète,
faire descendre l'esprit divin dans tous les cœurs
égarés, désolés. Hélas! je m'affligeai sincèrement

de mon impuissance. Que pouvais-je, moi faible créature, au milieu de cette vaste population ? Ma voix, comme le faible cri d'un insecte, frapperait-elle l'espace, et retentirait-elle jusqu'en la demeure des grands de la terre? Je ne pouvais que les plaindre, pleurer et prier pour eux.

» Pleurer avec les malheureux, partager mon pain avec le pauvre, fortifier les faibles par mes conseils, montrer le chemin de la vertu à ceux que le vice égare... Hélas! il est triste, cependant, d'avouer que l'hypocrisie est quelquefois un large manteau dont les pauvres se couvrent à Paris pour cacher les vices qui les ont conduits dans un abîme de misère. Or donner des secours à la paresse, c'est l'encourager, c'est l'engager à persévérer dans une vie oisive; donner de l'argent au prodigue, au dissipateur, c'est fournir un aliment nouveau à son funeste penchant.

» Quoi ! m'écriai-je, l'exercice du bien serait-il une tâche si difficile? avec mon bon vouloir d'aider des frères malheureux, ne réussirai-je qu'à produire le mal? Tout à coup il jaillit dans mon imagination un trait de lumière : la classe du peuple, me dis-je, étant celle qui est la plus malheureuse, est celle par conséquent qui devient la plus digne de commisération et de bienveillante pitié;

c'est aussi dans cette classe que l'on trouve les plus grandes vertus, d'autant plus méritoires qu'elles sont plus difficiles. Le peuple devint l'objet de ma sollicitude fraternelle, et pour mieux sympathiser avec lui, pour mieux fraterniser avec le peuple, je voulus devenir un véritable enfant du peuple. J'en pris bientôt toutes les allures franches et sans façon ; j'endossai le modeste habit du *prolétaire ;* je jetai loin de moi le luxe auquel une grande fortune m'avait mollement habitué. Je louai une chambre dans le quartier le plus infime, le plus populeux ; et, comme un médecin parvient à se faire une clientèle chez les malades, moi, inconnu et ignoré de tous que j'étais, j'avais accès chez une foule d'hommes infirmes d'esprit et de cœur.

» J'avais caché soigneusement, dans une ouverture faite aux murs de ma chambre, mon précieux trésor, mes *cent mille francs ;* je ne me considérais plus que comme le dépositaire de cette somme qui appartenait de droit à l'indigence vertueuse.

» Longtemps je fus à me demander comment il me serait possible de pénétrer journellement dans les maisons de Paris, comment je parviendrais à m'initier aux douleurs ou aux misères de ses divers habitants.

» Et, après mille projets aussitôt rejetés que conçus, je m'arrêtai définitivement à celui-ci : Il me faut, dis-je, me créer une petite industrie qui à la fois cache mes projets et me rende utile au plus grand nombre possible. Or je choisis celle de marchand d'habits. En effet, cette modeste profession m'allait mettre en contact avec toutes les misères, avec toutes les vanités : le riche avare vend sa défroque, le malheureux vend son habit pour un morceau de pain; le campagnard ambitieux échange sa casaque contre un habit râpé des villes; l'étudiant, le dissipateur, sacrifie tout à l'amour des plaisirs.

» Je devins marchand d'habits.

» Voilà tantôt dix années que je mène cette vie, et je puis vous assurer, M. Durvet, continua Georges, que jamais, au temps de ce qu'on nomme ma grandeur et ma prospérité, je n'ai connu tant d'émotions sublimes, tant de profondes joies.

» Chaque fois que je puis encourager et soutenir la vertu près de succomber sous le désespoir, chaque fois qu'un peu d'or enlevé à mon capital, qui s'est amoindri, peut passer de ma main dans la main du pauvre, je sens là, aux battements de mon cœur, que le plus doux privilége du riche est la bienfaisance, qu'elle seule peut compenser toutes les autres félicités de ce monde. »

Et Georges cessa de parler, et un long silence suivit ses paroles... M. Durvet le rompit le premier : « Tout en vous admirant, mon ami, dit-il, je ne puis me défendre des craintes réelles sur votre avenir ; car enfin vous vous dépouillez, vous vous oubliez pour autrui ; la vieillesse fond sur vous ; et si vous n'y prenez garde, l'hôpital devra être votre refuge.

» Je vais partir, Georges, je vais habiter la patrie de votre mère ; une fortune considérable m'y attend, je vous en offre le partage. Venez, mon ami ; votre cœur sensible n'a pas perdu, à coup sûr, le souvenir du pays où vous reçûtes le jour ; au fond de tous vos rêves d'homme, de vieillard, il y a assurément quelque chose de l'enfant ; venez vous asseoir sous vos bananiers aux rameaux majestueux, dont tant de fois, au jeune âge, vous avez savouré les fruits délicieux ; venez, Georges, vous promener lentement dans vos vertes savanes ; l'ombre chérie de votre mère vous y accompagnera et vous y protégera. Venez, suivez-moi.

— Jamais ! s'écria le créole. Moi, j'irais re-

voir mes pareils, esclaves! je fuirais la terre de
France pour repaître mes yeux et mon cœur de
l'affreux tableau que m'offriront des hommes, mes
frères, courbés sous le poids de leurs fers! oh!
non, jamais!

» Laissez-moi achever ma tâche, accomplir ma
mission; et si l'homme écoutait la voix de
l'égoïsme, il n'y aurait plus de vertus sur la
terre. Vous parlez de grabat d'hôpital.! Eh! que
m'importe à moi, le lieu, la place où je dois
finir?

» Que l'homme meure dans la misère ou bien
entouré du luxe et de la grandeur, s'en éteint-il
moins? Ah! le riche et le pauvre descendent
dans la tombe également dépouillés de tout, n'emportant l'un et l'autre, dans la terre, qu'une
seule et même parure.... un linceul !

» Comme le pauvre, le riche en est enveloppé;
comme le pauvre, il est cloué dans une bière;
comme le pauvre, il ne s'éveillera plus qu'à la
voix suprême de Dieu.

» Un grabat d'hôpital! Eh ! que m'importe, à
moi, si ma conscience est en repos, si je puis
envisager la mort sans frémir? car elle est le commencement d'une nouvelle existence.

» Partez, mon ami, soyez heureux, et ne vous

affligez pas sur moi; ne pleurez pas sur ce que les hommes du monde peuvent appeler ma folie. Triste siècle que le nôtre, où tout ce qui se revêt de l'apparence du dévouement et de l'abnégation est traité de démence.

» Partez, mon ami, laissez-moi ma besace de douleurs, comme vous l'appelez; il y a des joies qui vous sont inconnues dans cette besace du pauvre; laissez-moi, sur cette terre d'un jour, poursuivre la vie que je m'estime heureux d'avoir commencée. »

Et en achevant de parler, le marchand d'habits déposa un baiser sur le front de l'homme du monde, et prit congé de lui.

Et ils ne se revirent plus!

Pendant longtemps on vit encore, dans les rues de Paris, un petit marchand d'habits, au teint brun, aux cheveux rudes et frisés, crier à plein gosier : « Habits, galons, marchand d'habits! »

LE VIEILLARD

DU

FAUBOURG SAINT-HONORÉ

Il y avait à Paris, dans le faubourg Saint-Honoré, une maison connue de tous les pauvres, bien qu'elle eût l'apparence de la simplicité et même de la misère.

Celui qui l'habitait était un vieillard qui approchait de sa quatre-vingt-neuvième année. A cet âge si rapproché de la tombe, cet homme n'avait, pour ainsi dire, rien des infirmités de la vieillesse ; le temps semblait l'avoir ménagé, tant il avait encore au physique de la verdeur et de la juvénilité dans son caractère et dans toutes ses manières.

M. Proten était son nom; du moins c'était
ainsi qu'il était connu et qu'on se le désignait
les uns aux autres. Il fallait qu'en traversant
la vie, ce noble et bon vieillard eût appris bien
des choses, qu'il eût été initié dans bien des
affaires; il fallait qu'il eût acquis bien des sciences
pour posséder à un si haut degré tant de raison et
tant d'expérience. Sans être jurisconsulte, M. Proten connaissait parfaitement les lois; sans être
agrégé à la faculté, il savait tout ce qui contribue
à la santé du corps, et il avait toujours d'excellents
remèdes pour toutes les maladies de l'âme : c'est
que M. Proten était un des plus grands philosophes
du dix-neuvième siècle.

Aussi sa réputation de sagesse occupait tout
Paris : les grands venaient quelquefois chez lui
pour apprendre comment il fallait régler sa vie
pour être heureux; les pauvres y accouraient pour
avoir des secours et souvent des consolations
plus salutaires encore que l'aumône; et les gens
du peuple et les ouvriers, en l'entendant parler,
se sentaient reprendre à l'espérance d'un meilleur avenir, et se trouvaient dans une quiétude
d'esprit qui leur faisait aimer la vertu et le
travail.

Oh! c'était bien touchant que de voir ce vieillard

aux lèvres souriantes, aux yeux vifs et perçants, à l'air à la fois doux et mélancolique, tendre la main à tous, au pauvre comme au riche, à l'ouvrier comme au pair de France ; car, aux yeux de M. Proten, les hommes étaient tous frères, tous enfants du même Dieu.

L'homme, et non l'habit, l'occupait ; il se laissait prendre au vrai mérite, et jamais au charlatanisme ; aussi un ouvrier aux mains rudes et calleuses, un laboureur aux souliers ferrés, au dos voûté, lorsqu'ils professaient des sentiments honnêtes, étaient pour lui des êtres estimables auxquels il donnait son amitié préférablement à ceux-là qui auraient acheté la considération publique et leur fortune par le sacrifice de l'honneur et de la vertu.

Il était bien différent, M. Proten, n'est-ce pas, des hommes de ce siècle *métallique*, comme on le désigne avec toute justice.

Si quelqu'un se trouvait embarrassé pour conclure une affaire ou pour régler des intérêts douteux, c'était chez le bon vieillard du faubourg Saint-Honoré qu'on accourait.

On eût dit, à le voir alors gravement discuter au milieu d'un cercle nombreux, on eût dit un magistrat intègre, se dévouant aux fonctions dont il est investi.

Partant de ce principe de dévouement à ses semblables, il allait semant çà et là de bonnes doctrines, donnant par sa conduite des exemples salutaires.

Un matin, c'était en l'année 1844, son antichambre était remplie de gens de tout âge qui venaient vers le vieillard du faubourg Saint-Honoré pour implorer des avis.

M. Proten avait été ce jour-là moins diligent que de coutume; il était neuf heures, et il n'était point sorti de son lit, lui qui se levait ordinairement avec le jour. Aussi la consternation était peinte sur tous les visages; on se demandait en tremblant quelle pouvait être la cause de ce retard, de cette attente inusitée qu'on leur faisait subir; on craignait que le vieillard ne touchât à son heure dernière; mais tout à coup les deux battants de la porte s'ouvrirent, et le vénérable M. Proten parut, disant avec douceur :

« Je suis à vous, mes enfants; que les premiers arrivés me suivent. »

Et aussitôt se levèrent deux hommes qui paraissaient appartenir à la classe du peuple.

« Monsieur, dit l'un de ces hommes au vieillard du faubourg Saint-Honoré, nous sommes venus vers vous pour que vous nous disiez franchement quel est de nous deux celui qui a tort. »

Et le vieillard ne répondant à cet homme que par un bienveillant sourire, celui-ci continua :

« Voici donc le fait, monsieur : Nous sommes frères, nous devrions nous aimer; nous nous aimons bien si l'on veut, et cependant nous n'avons jamais pu nous entendre. Il a toujours régné parmi nous de fâcheuses dissensions; l'intérêt nous a toujours divisés. Mon frère a une petite campagne bâtie à côté de la mienne, de sorte que nos deux terres qui en dépendent sont tout à fait limitrophes; nous avons chacun, pour notre usage particulier, des poules, des coqs et autres animaux domestiques, et c'est pour ces malheureux que, hier, mon frère s'était armé d'un fusil, et qu'il voulait tuer, le croiriez-vous, monsieur? ce n'était point les coqs et les poules qu'il voulait tuer, non, c'était moi, son frère : nouveau Caïn, il allait se rendre coupable d'un crime si de charitables voisins ne fussent intervenus dans notre querelle et ne l'eussent aussitôt désarmé.

» Et tout ce bruit, tout ce fracas, pour de misérables animaux. Si mes poules font du ravage dans son champ de blé, les siennes ne me dévorent-elles pas souvent tous les fruits de mes

espaliers? 1 y a bien compensation, allez. Mais
mon frère ne veut rien entendre, et il prétend
que mes animaux ont détruit sa récolte, et il
veut formuler sa plainte devant le juge de paix,
devant les tribunaux; il veut les faire retentir
pour de telles bagatelles : n'est-ce pas affreux?
J'ai entendu parler de votre sagesse qui concilie
bien souvent des partis qui allaient s'entre-dé-
chirer, et je lui ai dit : « Viens, frère, allons
chez le bon vieillard du faubourg Saint-Honoré;
il ne nous fera aucun frais pour nous mettre
d'accord. » Et nous voilà, arrangez-nous si vous
pouvez. »

Le vieillard conciliateur secoua la tête, un nuage
de tristesse voila son front; puis, après un court
silence, il s'écria :

« Que vous dirai-je, mes amis, sinon que vous
excitez ma pitié? Ah! quand une fois l'intérêt
s'est glissé dans le cœur de l'homme, il y étouffe
les plus nobles et les plus généreux sentiments,
il y détruit jusqu'aux saintes affections de la
nature et de la parenté la plus rapprochée. Que
faire, que dire pour réconcilier à jamais deux
frères qui se traitent comme s'ils étaient étrangers l'un à l'autre, qui deviennent des ennemis
prêts à s'entr'égorger pour un intérêt si minime?

Je vous le dis en vérité, mes amis, vous me
faites pitié. Et ne croyez pas que le concours
de la justice puisse rallier ceux qui se sont séparés volontairement pour ainsi dire, ceux qui
méconnaissent les lois suprêmes de Dieu, qui
obligent les hommes à s'aimer et à s'aider les uns
les autres, à plus forte raison les enfants d'un
même père et d'une même mère. Que fera la
justice lorsqu'elle aura taxé l'un de vous à payer
une petite somme à l'autre, en dédommagement
des dégâts faits sur sa terre? En serez-vous après
cela plus unis ? la paix régnera-t-elle parmi vous?
Oh ! non ; la discorde reviendra dès que votre
intérêt vous paraîtra compromis de nouveau ; en
arrangeant votre différend, la justice serait semblable à un médecin qui, voyant une maladie incu-
rable, n'ordonnerait plus au patient que des remèdes lénitifs.

» Ah ! c'est la racine du mal qu'il faudrait
extirper : c'est le manque de foi en Dieu qui
vous porte à vous haïr, qui fait de vous deux
misérables impies, qui vous fait aimer, préférablement aux joies et aux consolations du ciel,
les intérêts de la terre. Si vous étiez croyants,
si vous étiez pénétrés des vérités éternelles, si
vous croyiez enfin à l'existence d'une autre vie,

vous ne vous attacheriez pas avec autant d'achar-
nement aux périssables biens de ce monde, vous
céderiez à la voix de la raison, à la voix du cœur,
qui vous crie qu'un frère doit aimer un frère. Vous
craindriez de perdre la protection d'un Dieu qui
est tout amour, d'un Dieu qui commande l'amour
et la charité les uns envers les autres. O mes amis !
vous excitez ma pitié ; je ne connais rien d'aussi
affligeant que le tableau de deux frères ennemis ; car, lorsque l'intérêt a pu briser entre
deux frères le lien du sang, on peut les regarder comme perdus à jamais ; ils ne doivent
plus rien respecter, il n'y a plus rien de saint
ni de sacré pour eux ; les insensés ont à la fois
oublié qu'ils sont hommes et qu'ils sont frères :
je vous plains du fond de mon cœur, allez. »

Et le vieillard congédiait du geste ces hommes,
lorsque ceux-ci se précipitèrent dans les bras
l'un de l'autre.

« Aimons-nous donc, frère ! s'écrièrent-ils tous
deux en versant des torrents de larmes, n'affligeons
plus l'humanité par nos querelles et notre haine ;
aimons-nous, devenons pauvres, s'il le faut, mais
demeurons éternellement unis.

— Bien ! mes amis, s'écria le vieillard at-
tendri, et il pressait dans ses mains tremblantes

les mains de ces hommes ; bien ! le cœur a parlé,
et vous, l'avez écouté. Ah ! les hommes, s'ils vou-
laient être heureux, devraient toujours consulter
leur cœur. C'est un excellent code que le cœur ;
Dieu a déposé en nous un esprit de justice qui ne
s'efface jamais, et si quelques hommes ont cessé
d'être bons, s'ils sont devenus scélérats, c'est qu'ils
se sont rendus sourds à cette voix intérieure, puis-
sant écho du ciel qui leur criait : « Vous faites
mal ! vous faites mal ! »

— Merci, monsieur, de vos bons conseils ; nous
ne serons plus ennemis. »

Et les deux frères, les bras enlacés, sortirent de la
chambre, faisant place à une dame élégamment parée,
à une femme jeune encore, mais dont le front pâle,
chargé d'ennuis, trahissait quelques douleurs secrètes.

« Monsieur, je vous salue très-humblement, »
dit-elle en s'approchant du vieillard.

Puis, après un court silence, elle dit :

« On vante partout votre grande expérience dans
les choses du cœur ; on proclame votre sagesse
et la prudence de vos conseils, on dit que vous
avez un remède pour chacune des maladies de
l'âme, et je suis venue vers vous avec confiance ;
et cela, parce que je souffre, parce que je suis
malheureuse, oh ! bien réellement malheureuse !

— Et quel est, madame, le véritable sujet de
la grande affliction dont vous vous plaignez, répliqua le vieillard en jetant sur la femme du monde
un regard observateur.

— Hélas! reprit celle-ci, à vrai dire, je n'ai
rien qui puisse matériellement m'inquiéter; je suis
riche, immensément riche; depuis mon berceau,
ma vie s'est écoulée semblable à un long rêve
d'enchantements et de plaisirs; on dirait que des
génies protecteurs n'attendent qu'un souhait formé
au fond de mon cœur pour le satisfaire au delà
même de mes plus fantastiques espérances. Ainsi,
monsieur, la vie es bonne pour moi; les hommes,
la société tout entière m'a montré de la bienveillance et de l'intérêt, tout le monde s'accorde
à me trouver ce qu'on appelle une femme heureuse, et cependant je pleure, je m'ennuie, je
souffre d'un mal sans nom; dans mon cœur, il
est des tristesses affreuses : mes journées s'écoulent
pénibles et longues; mes nuits, hélas! sont sans
sommeil.

» Qu'est-ce donc que j'éprouve? qu'est-ce donc
que je veux? A quoi donc aspire ainsi ma pauvre
âme désolée, sans motif de désolation?...

» Souvent, vous l'avouerai-je, en voyant une
femme du peuple, en voyant la joie et le con-

tentement qui l'anime se refléter sur son visage,
j'ai envié son sort, sa destinée qui l'assujettit au
travail, et je me suis involontairement écriée : Elle
est pauvre, et elle rit de bon cœur ; elle travaille,
pauvre mercenaire qu'elle est, et elle chante, et
elle est heureuse ! Et alors, pour éprouver les
mêmes joies que ses joies, je ferais volontiers le
sacrifice de mes grandes richesses, de ces richesses
qui ne peuvent rien pour mon bonheur. Ainsi
élevée comme je le suis au faîte de l'opulence
et des prospérités de la terre, vous le voyez,
monsieur, je suis une créature bien misérable,
bien digne, à coup sûr, d'exciter votre généreuse
compassion.

— En effet, madame, s'écria le vieillard, vous
êtes bien malheureuse.

— Et bien digne de pitié, n'est-ce pas ? dit
l'élégante jeune dame ; mais vous aurez sans
doute un remède à opposer à tant de souffrances. »

Et heureuse d'avoir trouvé quelqu'un enfin qui
crût sérieusement à son malheur, qui compatît
à ses infortunes, un éclair de joie illumina sa
physionomie.

« Oh ! parlez, de grâce, monsieur, continuat-elle ; parlez, je vous écoute.

— C'est une cruelle maladie que l'ennui,

18

madame, repartit le vieillard d'un ton plein de
gravité, mais elle n'est pas heureusement sans
ressources; c'est le mal qui se glisse dans les
boudoirs et les salons, qui s'assied à côté des
femmes du monde, des femmes à la mode :
l'ennui s'associe à toute leur existence, il pré-
side à toutes leurs actions; c'est lui qui leur
inspire toutes leurs pensées, qui étouffe en elles
tout sentiment de générosité et de bienfaisance,
qui fait d'elles de charmantes poupées propres à
figurer un instant; c'est l'ennui qui rouille tous
les ressorts de leur âme, et c'est l'ennui, madame,
qui est votre ennemi, votre plus cruel ennemi,
puisqu'à chaque minute il attente à votre repos,
à votre vie.

» Quoi! madame, vous n'avez jamais trouvé
de remède au mal qui vous obsède, vous n'avez
jamais eu le courage de rassembler vos forces
pour lutter avec lui; seriez-vous donc déjà tellement affectée de ce mal qu'il aurait paralysé
en vous tout désir de vous rattacher à la vie et
d'être enfin heureuse? Alors, oh! c'est alors que
vous seriez bien digne de ma pitié, car il ne res-
terait plus en vous aucun espoir de guérison; votre
âme se serait matérialisée pour ainsi dire, et pour
jouir des avantages de l'existence, vous laisseriez

à penser que vous êtes égoïste et insensible à tout
ce qui est beau, noble et grand.

— Je ne vous comprends pas, monsieur, reprit
la jeune femme.

— Quoi! vous êtes femme, madame, et vous
n'avez pas compris; votre cœur ne vous a pas
dit qu'il existait par le monde une infinité de
douleurs, de grandes misères! Quoi! vous êtes
riche, vous ne marchez jamais qu'assise dans
votre élégante voiture, et il ne vous est jamais
venu dans la pensée, en voyant, à travers les
glaces de votre équipage, le peuple se mouvoir
en sens divers dans les rues, en voyant des
ouvriers travailler, il ne vous est jamais venu dans
la pensée qu'à côté du travail il pouvait y avoir
de la misère; qu'il y avait sous le ciel, dans le
monde enfin, des êtres moins favorisés que vous
par la fortune! Aucun pauvre ne vous a tendu
la main, aucune voix n'a crié au fond de votre
cœur : « Donne le superflu de tes richesses aux
pauvres, Dieu te le commande; va porter des
consolations à ceux qui sont affligés! » Ah! madame, votre cœur ne renferme donc aucune sensibilité? Et vous vous plaignez de maux imagi-
naires quand il existe tant de misères réelles à
côté de vous! Quoi! l'hiver, dans cette saison si

joyeuse pour les riches, l'hiver, lorsque, parée
ainsi qu'une reine, .vous tourbillonnez autour de
vos spacieux salons, quoi! même alors votre
pensée ne s'est pas égarée au dehors ; votre front,
qu'ornait une guirlande de perles et de fleurs, ne
s'est pas subitement incliné; vos yeux ne se sont
pas remplis de larmes, en songeant tout à coup
qu'il pouvait exister, au moment même où enivrée
de luxe ou d'encens vous dansiez, il pouvait exister
des êtres qui expiraient de faim sur la paille
ou sur un grabat d'hôpital; des êtres dont la vie
entière fut consacrée au travail, à la vertu ;
qu'il pouvait exister enfin des pères de famille,
des vieillards qui poussaient des sanglots, et que
vous auriez pu rendre à la vie, à l'espérance,
au bonheur, avec le quart de l'argent que vous
aviez follement prodigué à l'achat des oripeaux
qui vous paraient! Ah! madame, quel compte
vous aurez à rendre à Dieu! Avec quelles bonnes
actions vous présenterez-vous devant votre souverain Juge, lorsqu'il vous dira : « Je t'avais prêté
des richesses, qu'en as-tu fait? ». Car, ne vous
y trompez pas, madame, Dieu ne vous fit riche
qu'afin de vous faire la protectrice des pauvres ;
malheur au riche qui garde tout pour lui ! Hélas !
ces richesses dont il est si fier et dont il fit un

si mauvais usage, ces richesses, les emportera-
t-il dans le cercueil? Non, non; il les laissera en
arrière de lui : ainsi que le pauvre qu'il repoussa
du pied durant sa vie, il sera couché nu, cloué
dans une bière; comme le pauvre, sa seule parure
sera un linceul! Ah! c'est alors que pour cet
homme le jugement de Dieu sera cruel, que le
châtiment sera terrible!

» La vie de ce monde a peu de durée, madame. Hélas! il n'y a qu'un pas de la jeunesse à
la vieillesse et de la vieillesse à la mort. Songez-y,
la mort est suspendue sur la tête de l'homme;
ainsi que la foudre, elle peut tomber sur lui
et l'écraser. Au milieu d'un bal, d'une fête, où,
parée et rieuse, vous vous croyez immortelle,
elle peut vous surprendre. La mort ne respecte
ni l'âge, ni le rang, ni la vertu, ni le vice;
elle nivelle tout. La mort peut donc vous surprendre au milieu de votre course. Mesurez donc
par des actions louables chaque minute de votre
vie; amassez-vous un trésor pour l'existence à
venir, l'existence qui n'aura pas de fin; ne vous
occupez pas du temps, mais ne perdez jamais de
vue l'éternité!

» Il n'y a donc qu'un remède à opposer à votre
ennui, c'est l'occupation. Ah! quand la pensée de

l'homme ne peut se reposer sur quelque chose de
grand et d'utile, la pensée languit et se meurt, elle
use le corps; semblable à la mêche d'une lampe
qui n'aurait pas d'huile pour l'alimenter, elle ne
jette plus à l'extérieur qu'un éclat triste, incertain
et lugubre.

» Il faut vous occuper, madame, et vous occuper utilement; il faut donner des aliments à votre
imagination, il faut lui assigner enfin un but
noble et grand; il faut occuper votre esprit et
votre cœur à des œuvres utiles, et vous ressentirez
bientôt de salutaires effets du nouveau genre de
vie que vous aurez embrassé.

» Loin d'éprouver au fond de votre cœur de
ces tristesses profondes qui appelaient des larmes
dans vos yeux, il y surgira des joies ineffables
qui feront rayonner votre front d'une beauté céleste; les heures de la journée, qui vous paraissaient d'une lenteur insupportable lorsque vous
les gaspilliez follement en rêvant à des chiffons,
à des vanités mondaines, ces heures s'écouleront
avec trop de rapidité lorsque vous les consa-
crerez à des actes de charité, de bienfaisance et de
vertu.

» A quoi doivent tendre les cœurs de tous les
humains, si ce n'est de laisser après eux des monu-

ments indestructibles de leur existence, des traces honorables de leur passage sur la terre?

» Ne pas mourir tout à fait dans la pensée de ceux qui nous survivent, espérer que notre souvenir vivra dans quelques âmes sensibles et pieuses, ce sont là de saintes ambitions, de nobles sentiments qui nous rendent réellement grands et forts; car tout ce qui émane de la vertu nous vient de Dieu et nous élève jusqu'à lui.

» Chaque être a en soi des éléments d'élévation et de grandeur : les uns sont nés poëtes, écrivains, artistes; d'autres, travailleurs; car si le génie n'est donné qu'à quelques-uns, pour cela les autres ne doivent point se croire déshérités. L'homme qui pratique la vertu, surtout, peut placer sur son front une auréole de gloire plus resplendissante et plus durable que l'auréole du génie, qui ne produit quelquefois que des œuvres périssables.

» Ah! madame, quels beaux exemples de dévouement, de charité vous avez dans tant de héros de l'humanité! Attachez aussi votre nom à quelque hospice de charité, incrustez-le sur l'airain et le marbre; fondez quelque pieuse maison dont chaque habitant puisse vous bénir et prier pour vous.

» Allez visiter les mansardes, les ateliers;

examinez par vous-même ce qui se passe dans
l'intérieur des pauvres familles : vous frémirez,
madame, à l'aspect de tant de misères supportées
avec tant de courage ; en contemplant ces luttes
de chaque jour, de chaque moment, que sup-
portent les pauvres, vous rougirez à coup sûr de
vous-même. Quoi ! direz-vous, j'ai pu prodiguer
tant d'argent en frivolités, quand mes frères se
tordaient sous la double étreinte du désespoir et
de la faim ! Oh ! que je fus faible, que je suis
coupable !... Ah ! madame, quelles leçons de vertu,
de patience et de résignation puiseraient les riches
s'ils allaient fréquemment visiter la maison des
pauvres ! Alors, mesurant la brièveté du temps et
les douleurs de l'humanité, dont ils ne sont point
affranchis malgré leurs richesses, ils arriveraient
d'eux-mêmes, en faisant le sacrifice du superflu
des biens qu'ils possèdent, ils arriveraient d'eux-
mêmes à établir la balance entre toutes les positions.
Oh ! c'est alors que la société serait purgée de tous
les vices qui la travaillent et l'ébranlent.

» Donnez du pain aux pauvres, de l'ouvrage à
l'ouvrier, de l'instruction aux enfants ; ne traitez
pas rigoureusement les hommes ; soyez humains,
bienfaisants, vous, riches de ce monde ; fondez
des maisons de charité pour les infirmes et les

vieillards, et vous n'aurez pas besoin d'agrandir les
prisons, d'en bâtir de nouvelles; car l'humanité
ne sera plus affligée par des exemples de scélé-
ratesse.: tous les hommes s'aimeront ; le pauvre
ne convoitera plus la fortune du riche, il jouira
paisiblement de ses bienfaits; la grande famille
humaine ne formera plus qu'une chaîne qui ne
se disjoindra plus, et la pensée du Créateur s'ac-
complira; car cette pensée sublime, en présidant
à l'organisation du monde moral et physique, avait
compris tous les hommes; elle avait tout réglé
pour consolider entre eux une douce et charitable
confraternité. »

Le vieillard cessa de parler, il se fit un silence
entre lui et la femme du monde; celle-ci paraissait
vivement préoccupée.

« Vous ne dites rien, madame? s'écria-t-il;
que se passe-t-il en votre âme? mes paroles au-
raient-elles éveillé dans votre cœur quelques généreux sentiments?. Oui, car déjà les sombres
nuages qui voilaient votre front se sont dissipés;
un doux sourire erre sur vos lèvres ; vous paraissez répondre à une pensée généreuse, à une
pensée d'amour pour l'humanité. Vous avez senti
que jusqu'ici vous vous étiez éloignée du bonheur
véritable, que vous aviez marché dans la vie en

aveugle, en insensée; que vous n'aviez rempli
aucune des conditions attachées à la nature des
femmes; que vous n'aviez rien compris à la mission qui vous fut imposée par Dieu lui-même.
N'est-ce pas, madame, que vous rêvez à ce qu'il
vous reste à faire dans la voie nouvelle que vous
allez parcourir, qu'il vous tarde de répandre des
bienfaits et des consolations?

— Ah! vous avez lu dans ma pensée, s'écria
la jeune femme en s'inclinant avec respect devant
le sage vieillard. Merci, monsieur, de vos généreux conseils; béni soyez-vous pour le bien que
vous avez opéré en moi. Je me réveille aujourd'hui
seulement d'un long et pénible sommeil, je vois
distinctement la vérité; je rougis de mes torts, je
rougis de moi-même. Oh! merci, vous qui n'avez
pas craint de me faire envisager mon devoir! Que
j'étais devenue faible, petite et coupable sous les
perfides adulations du monde, sous les insidieuses
flatteries d'une égoïste société.

» Arrière donc le passé, qui étouffa en moi les
généreuses pensées! arrière tous ces plaisirs cor-
rupteurs qui auraient fini par vicier, par corrompre tout à fait ma vie!

» Vêtue simplement, je vais dès demain commencer la tâche que vous m'avez assignée. J'irai

visiter les mansardes, j'irai m'asseoir sous le chaume ; je m'associerai à toutes les douleurs humaines ; tous les pauvres deviendront mes enfants ; tous les affligés, mes frères. Et je me plaignais de l'ennui, quand j'avais tant de nobles occupations qui m'appelaient !... O Seigneur, j'implore à deux genoux mon pardon, s'écria-t-elle en joignant ses mains délicates; je fus bien coupable !

— Bien, mon enfant, très-bien ; allez, accomplissez votre charitable mission, et la main de Dieu s'étendra sur votre tête. »

Et la femme, tout émue, sortit, régénérée, réconciliée avec elle-même.

Le bon vieillard essuya une larme qui roulait le long de ses joues. Puis, plus calme, après un instant de recueillement; il eut à instruire et à consoler d'autres malheureux.

M. Proten vécut bien longtemps, mais, hélas ! trop peu encore pour le bien de l'humanité, à laquelle il avait dévoué sa vie.

FIN

TABLE

19*

A LA MÊME LIBRAIRIE

Série grand in-8°

à 4 fr. le volume.

Aymar; par Marie Emery.

Fastes militaires de la France (les); par A. S. de Doncourt.

Histoire anecdotique des fêtes et jeux populaires au moyen âge; par Mlle Amory de Langerack.

Itinéraire de Paris à Jérusalem; par Chateaubriand : édition revue par M. de Cadoudal.

Martyrs (les); par Chateaubriand : édition revue par le même.

Perles de la littérature contemporaine; par Mme de Gaulle.

Récits du foyer; par Mme Bourdon.

Récits d'un bon oncle, sur l'Europe, l'Asie, l'Afrique, l'Amérique et l'Océanie : imités de l'anglais; par Mme de Montanclos; ornés de 25 *vignettes*.

Souvenirs d'histoire et de littérature; par M. Poujoulat.

Une Visite à chacun; par A. E. de l'Etoile.

Série in-8° (de 600 pages environ)

à 4 fr. 50 le volume.

Catéchisme en exemples (le).

Château de Bois-le-Brun (le), et Laure de Cernan, suite du *Château de Bois-le-Brun*; par S. Bigot.

Histoire de la vie de N.-S. Jésus-Christ; par le P. de Ligny; suivie d'un précis des Actes des apôtres.

Souvenirs de voyage : la Suisse, le Piémont, Rome, Naples, toute l'Italie; par Mme la comtesse de la Grandville.

Triomphe de l'Evangile (le) : traduit de l'espagnol, par Buynand des Echelles.

Ire série in-8° à 2 fr. 50 le volume.

Auvergne (Mgr) : ses voyages au mont Liban, au Sinaï, à Rome, etc.

Château de Bois-le-Brun (le); par S. Bigot.

Chine et la Cochinchine (la); par J. J. E. Roy.

Christianisme au Japon (le); par M. le comte de Lambel.

Constantinople, depuis Constantin jusqu'à nos jours; par M. de Montrond.

Dieu, le Christ, son Eglise, ses Sacrements; par M. l'abbé Petit.

Dorsigny (les), ou Deux Educations; par S. Bigot.

Études et Portraits; par M. Poujoulat.

Gerbert, archevêque de Reims, pape sous le nom de Sylvestre II : sa vie et ses écrits; par M. l'abbé Loupot.

Hincmar, archevêque de Reims : sa vie, ses œuvres, son influence; par le même.

Lacordaire (le P.); par M. de Montrond.

Laure de Cernan; par l'auteur du Château de Bois-le-Brun.

Modèles les plus illustres dans le sacerdoce et la religion ; par M. de Montrond.

Musiciens (les) les plus célèbres; par le même.

Naples : histoire, monuments, littérature. L. L. F.

Poëtes les plus célèbres : français, italiens, anglais, espagnols.

Prélats les plus illustres de la France ; par M. de Montrond.

Saint Ambroise : sa vie et extraits de ses écrits.

Saint Athanase : sa vie et extraits de ses écrits.

Saint Augustin : sa vie et extraits de ses écrits.

Saint Basile : sa vie et extraits de ses écrits.

Saint Bernard : sa vie et extraits de ses écrits.

Saint Cyprien : sa vie et extraits de ses écrits.

Saint Eloi (Vie de), évêque de Noyon et de Tournai; par saint Ouen ; traduite et annotée par M. l'abbé Parenty. 2 gravures sur acier.

Saint Ephrem : sa vie et extraits de ses écrits.

Saint Grégoire de Nazianze : sa vie et extraits de ses écrits.

Saint Jean Chrysostôme : sa vie et extraits de ses écrits.

Saint Jérôme, solitaire et prêtre : sa vie et extraits de ses écrits.

Saint Laurent, diacre et martyr; par M. l'abbé Labosse. 4 grav.

Saint Martin, évêque de Tours; par M. de Montrond.

Savants les plus célèbres; par le même.

Sicile (la) : souvenirs, récits et légendes; par M. l'abbé V. Postel.

Souvenirs de voyage; par Mme de la Grandville. 2 vol.

Syrie (la) en 1860 et 1861 : massacres du Liban et de Damas, et expédition française; par M. l'abbé Jobin.

Variétés littéraires; par M. Poujoulat.

Vendeville (Mgr), évêque de Tournai; par le P. Possoz.

Wiseman (le cardinal) : étude biographique; par de Montrond.

2ᵉ série in-8º à 1 fr. 50 le volume.

A travers l'Océanie ; par Mᵐᵉ la comtesse Drohojowska.

Bon Conseiller (le) : avis, maximes, etc.; par l'abbé Petitpoisson.

Conquêtes du Christianisme en Asie, en Afrique, en Amérique et en Océanie; par C. Guénot.

Dom Léo, ou le Pouvoir de l'amitié; par E. S. Drieude.

Edmour et Arthur; par le même.

Empereurs romains (Histoire des), d'après Crevier; par M. Boissart.

Épreuves de la piété filiale; par E. S. Drieude.

Ère des Martyrs (l'); par M. l'abbé de Saint-Vincent.

Europe chrétienne (l'); par C. Guénot.

Fleurs des Martyrs au XIXᵉ siècle : Chine et Cochinchine; par A. S. de Doncourt.

Fleurs des Martyrs au XIXᵉ siècle : Corée; par le même.

Guerre de cent ans (la) entre la France et l'Angleterre; par A. de la Porte.

Guerre du Mexique, 1861-1867; par M. L. Le Saint.

Guerre entre la France et la Prusse (la), 1870-1871; par M. L. Le Saint, officier d'académie.

— Ce volume est précédé d'une carte complète du théâtre de la guerre.

Histoire naturelle, d'après Cousin-Despréaux.

Journal de Clotilde; par Mˡˡᵉ S. Wanham.

La Tour-d'Auvergne (Histoire de), 1ᵉʳ grenadier de France; par A. Buhot de Kersers.

Lieux saints (les); par Mgr Maupoint, évêque de Saint-Denis.

Lorenzo, ou l'Empire de la religion; par E. S. Drieude.

Mardis de Marguerite (les); par Marie Emery.

Marie-Antoinette et Madame Elisabeth; par F. Lafuite.

Marie Stuart, reine de France et d'Ecosse; par A. Laurent.

Martyrs du Japon (les); par M. de Montrond.

Mendiante de Saint-Eustache (la); par Mᵐᵉ C. Breton.

Morts héroïques (les) pendant la guerre de 1870-1871 et pendant la commune, par C. d'Aulnoy.

Mosaïque de la jeunesse : variétés intéressantes et instructives. 28 *gravures.*

Page du comte de Flandre (le); par M. Barbé.

Rosario : histoire espagnole; par E. S. Drieude.

Sanctuaires les plus célèbres de la sainte Vierge en France; par M. de Gaulle. (Première partie.)

Sanctuaires les plus célèbres de la sainte Vierge en France; par le même. (Deuxième partie.)

Scènes de la vie des animaux; par M. P.

Solitaires d'Isola-Doma (les); par E. S. Drieude.

Souvenirs des ambulances; par A. S. de Doncourt.

Une Guerre de famille; par Marie Emery.

3° série in-8° à 1 fr. 25 le volume.

Algérie chrétienne (l'); par A. Egron.

Amicie; par Marie Emery.

Apôtre de la charité (l') : vie de saint Vincent de Paul.

Armand Renty; par J. Aymard.

Biographies lorraines; par M. le comte de Lambel.

Bruno, ou la Victoire sur soi-même; par Mme de Gaulle.

Croisé de Tortona (le); par C. Guénot.

Deux Amis (les); par S. Bigot.

Devoir et Vertu, ou les Forges de Buzançais.

Dévouement d'une jeune fille; par Mme Beaujard.

Émeraude de Berthe (l'); par M. Ange Vigne.

Enfant de l'hospice (l'); par Marie de Bray.

Episodes et Souvenirs de la guerre de Prusse; par M. de Montrond.

Ermitage de Saint-Didier (l'); par H. Lebon.

Exemples-traçant le chemin de la vertu (les).

Ferme de Valcomble (la).

Fernand Delcourt; par S. Bigot.

Fleurs printanières; par M. de Montrond.

Fourier de Mattaincourt (le Bx); par M. le comte de Lambel.

Frère et la Sœur (le); par F. Villars.

Germaine Cousin (sainte); par M. de Montrond.

Grotte de Lourdes (la); par Mlle Amory de Langerack.

Ile des Naucléas (l'); par Mme Grandsard.

Jeanne d'Arc : récits d'un preux chevalier; par M. de Montrond.

Lequel des deux? par S. Bigot.

Mémoires d'une orpheline; par Marie Emery.

Mes Paillettes d'or; par M. de Montrond.

Nègres de la Louisiane (les); par Marie Emery.

Où se trouve le bonheur? par A. S. de Doncourt.

Pitcairn, ou les Suites d'une révolte : histoire maritime ; par M. de Gaulle.

Promenade historique et topographique en Algérie; par le Dr F. Andry.

Récits héroïques, ou les Soldats martyrs ; par Mme Drohojowska.

Récits historiques et dramatiques; par Marie Emery.

Réné, ou la Véritable Source du bonheur; par J. Aymard.

Roi de Bourges (le); par J. P. des Vaulx.

Trois Berthe (les) ; par M. P. Jouhanneaud.

Une Maîtresse d'école; par Aymé Cécyl.

Une semaine à Cracovie ; par Mme la comtesse Drohojowska.

Voix de l'exil (la), traduction de l'italien de D. Tosti, *revue par Mgr Giraud*.

4e série in-8° à 1 fr. le volume.

Amanda de Fitz-Owald; par Mlle Brun.

Amis du pauvre (les); par C. d'Aulnoy.

Amitié, ou Fortune, Intelligence et Force; par Marie Emery.

Bonheur d'une famille chrétienne; par H. Prévault.

Charité en action (la); par Mme Bourdon.

Croix d'or (la) ; par M. Mestivier.

Dangers d'une amitié trompeuse (les); par Mme de Chabannes.

Daniel Rigollot : le Presbytère, la Ferme et le Château.

Edma, ou le Triomphe de la charité; par Mlle Brun.

Elisabeth et Emilie; par Mme Farrenc.

Famille heureuse (la); par H. Prévault.

Famille irlandaise (la) : ouvrage imité de l'anglais.

Fortune et Adversité ; par M. Brasseur.

Georges, ou le Bon-Usage des richesses.

Honneur d'un père (l'); par Marie Emery.

Joies de la famille (les); par Mlle Brun.

Legs du sergent (le) ; par Adrienne Depuichault.

Lina, ou l'Orpheline de Magdebourg ; par le vicomte de la Norre.

Marie Eustelle; par Mme de Gaulle.

Miséricorde et Providence : vie de Mlle de Lamourous.

Modèle des jeunes gens; par l'abbé Proyart.

Papes en exil (les); par Ch. Clair.

Parfums de la vie (les); par A. S. de Doncourt.

Père des malheureux (le); par J. Aymard.

Prisonnier de Russie (le); par T. Perrin.

Récits du soir; par M. Mahon de Monaghan.

Sous la tente d'un casino ; par M. de Montrond.

Souvenirs de deux marins ; par L. Le Saint.

Un Ange consolateur ; par H. Prévault.

Un Artiste du VIIᵉ siècle : Saint Eloi ;. par A. de la Porte.

Un Atelier du faubourg Saint-Antoine ; par l'abbé de St-Vincent.

Un Bienfaiteur de l'humanité : Jean de Matha ; par C. d'Aulnoy.

Une Bonne Réputation ; par Marie Emery.

Une Croisade au XIXᵉ siècle ; par C. d'Aulnoy.

Véritable (la) Sagesse; ou les Sept Dons du Saint-Esprit.

3º Série in-8º à 60 cent. le volume.

Clef des Cœurs (la) ; par Mᵐᵉ Bourdon.

Derniers Jours de la Commune (les) ; par Edouard Delalain.

Episode du siége d'Antioche, ou le Martyr de la Croix; par M. Brasseur.

Epreuves de Harry Morton (les); par M. Bouttier.

Grignion de Montfort (le Vénérable); par M. l'abbé Petit.

Jeune Botaniste (le).

Héros-Martyr de Famagouste (le); par A. S. de Doncourt.

Ordre et Désordre ; par M. de Montaigu.

Pèlerinage à Notre-Dame de Lourdes ; par Mˡˡᵉ Amory de Langerack.

Père des Auvergnats (le); par Paul Jouhanneaud.

Saint François de Sales , évêque et prince de Genève.

Saint François Xavier, apôtre des Indes , d'après l'abbé Bouhours.

Saint Louis de Gonzague; par l'abbé Gillet.

Saint Stanislas Kostka; par Mᵐᵉ Bourdon.

Sainte Catherine de Sienne.

Sainte Geneviève , patronne de Paris ; par Mᵐᵉ Bourdon.

Sélim, ou le Pacha de Salonique ; par M. Brasseur.

Table de Sapin (la) ; par Mᵐᵉ Bourdon.

Tueur d'hyènes (le); par M. Monot.

Wilhem , ou le Pardon du chrétien.

— LILLE. TYP. J. LEFORT. M DCCC LXXIII —